Buchforst-Connection

IV. Band der Peter-Merzenich-Reihe

Ein Kriminalroman von Gereon A. Thelen
Nach Motiven von Mark Klobukowski

Impressum

Math. Lempertz GmbH
Hauptstraße 354
53639 Königswinter
Tel.: 02223 900036
Fax: 02223 900038
info@edition-lempertz.de
www.edition-lempertz.de

Alle Rechte vorbehalten. Ohne ausdrückliche Genehmigung des Verlages ist es nicht gestattet, das Buch oder Teile daraus zu vervielfältigen oder auf Datenträger aufzuzeichnen.

1. Auflage – Februar 2016
© 2016 Mathias Lempertz GmbH

Text: Gereon A. Thelen

Titelbild: fotolia
Umschlaggestaltung: Ralph Handmann
Lektorat: Alina Groß, Laura Liebeskind

Printed in Germany
ISBN: 978-3-945152-59-1

Gereon A. Thelen
wurde 1978 in Köln geboren. Nach dem Abitur absolvierte er eine Ausbildung beim Zolldienst, sein Studium an der Fachhochschule schloss er als Diplom-Finanzwirt ab. Seit 2005 arbeitete er als Zollfahndungsbeamter beim Zollkriminalamt in Köln-Dellbrück. Heute ist er, noch immer in Dellbrück, für das Zollfahndungsamt Essen tätig. Sein Spezialgebiet ist das Verbrauchsteuerrecht. Gereon A. Thelens erster Peter-Merzenich-Krimi, „Ehrlos", erschien 2009.

Buchforst-Connection

IV. Band der Peter-Merzenich-Reihe

Ein Kriminalroman von Gereon A. Thelen
Nach Motiven von Mark Klobukowski

Prolog

Es war eine ausgelassene Feier, zu der mein bester Freund Marcel und seine Ehefrau Diana in den Schrebergarten von Marcels Vater Erich an jenem denkwürdigen Samstag eingeladen hatten. Die Septembersonne schien und hüllte die Gartenanlage am Pfälzischen Ring im äußersten Zipfel des Stadtteils Deutz in stimmungsvolles Licht. Vögel zwitscherten, ein lauer Wind streifte durch die hohen Hecken, die Erichs Parzelle begrenzten. Ab und an konnte man von dem Bahndamm, der hinter der Kleingartensiedlung lag, das Rauschen vorbeieilender Züge vernehmen. Störender empfand ich die Automassen, die sich die Zubringerstraße Richtung Zoobrücke und Autobahn hinaufquälten. Auch sie befand sich in unmittelbarer Nachbarschaft der Gartenkolonie und torpedierte mit ihrem lärmenden allsamstäglichen Einkaufs- und Freizeitpendlerverkehr die Ruhe und Stille, die dieser beschauliche Gartenkomplex auszustrahlen versuchte.

Diana und Marcel Koslowski feierten ihren fünften Hochzeits- und Marcels siebenunddreißigsten Geburtstag. Im Innern des verhältnismäßig großen Gartenhauses hatten meine Freunde ein Buffet und eine Bar aufgebaut. Mehrere Fässer Kölsch waren in der hintersten Ecke des Gebäudes gestapelt.
Während sich die anwesenden Gäste – mehrere etwas weltfremd erscheinende angestellte Informatiker in Marcels Webdesign Firma, einige Freunde und Verwandte der beiden Eheleute sowie Marcels Vater Erich und dessen bester Freund Hartmut mitsamt Ehefrau Brigitte – zu den Klängen einer überdurchschnittlich guten Best-of-Eighties-CD unterhielten, betrachtete ich das Gartenhaus und schwelgte in Erinnerungen.

Es waren definitiv bessere Zeiten gewesen, als Marcel und ich hier auf dem Dachboden in unseren Schlafsäcken gelegen und den Hits von Uriah Heep, Status Quo und Genesis gelauscht hatten,

die aus dem mitgebrachten Kassettenrekorder ertönten. Nie werde ich diesen Tag vergessen, an dem ich den damals elfjährigen Marcel aus jugendlichem Leichtsinn dazu überredete, seine erste – und bis heute letzte – Zigarette zu rauchen. Mann, war dem armen Kerl schlecht ...
Etwas später, als unser Interesse für das weibliche Geschlecht erwacht war, luden wir ein paar Mädchen aus unserer Schulklasse ein und feierten hier zu den Klängen von Hot Chocolate und Dr. Hook wilde Partys, die nicht gerade jugendfrei waren ...
Tja, das alles lag weit mehr als zwanzig Jahre zurück. Damals genossen wir noch das Leben der unbeschwerten Jugend in vollen Zügen.
Auch wenn die „Location", wie man so schön auf Neudeutsch sagt, dieselbe war – bis auf die Erinnerung an die schöne Vergangenheit war von jener Zeit so gut wie nichts übriggeblieben.
Schließlich hatte sich seither – bei mir zumindest – vieles zum Negativen gewandelt. Von Maria war ich seit mehr als zwei Jahren geschieden, mein Privatleben war aus den Fugen geraten. Ich sah zu Diana und Marcel rüber, die bei einem Glas Kölsch mit Marcels Sekretärin Sabrina Polster plauderten und sich umarmten. Demgegenüber erschien mir mein Leben verpfuscht und sinnlos. Manchmal fragte ich mich, warum ich überhaupt noch da war.
Den letzten Rest hatte mir der vergangene Rosenmontag gegeben, als ich Maria aus reinem Zufall knutschenderweise im *Müller-Lüdenscheidt* entdeckt hatte. Seit diesem Tag, der ziemlich genau ein halbes Jahr zurücklag, war jeder Morgen, an dem ich erwachte, eine Qual. Ich musste mich jedes Mal aufs Neue überwinden, ins Büro zu gehen. Ohne meine „Freunde" Kölsch und Schnaps wäre es mir wahrscheinlich oftmals unmöglich erschienen, meiner täglichen Arbeit nachzugehen. So langsam musste ich mir eingestehen, dass ich sehr dicht an der Schwelle zur Alkoholkrankheit stand. Aber warum hätte ich daran etwas ändern sollen? Meiner Exfrau wäre es wahrscheinlich egal gewesen, wenn ich irgendwann krepieren würde. Immerhin hatten wir seit diesem schlim-

men Montag Anfang März keinerlei Kontakt mehr gehabt. Wie es ihr wohl ging? Ob sie manchmal auch an mich dachte?
Ich war viel zu stolz, den ersten Schritt zu wagen und sie anzurufen. Schließlich hatte sie mich verletzt und betrogen – zumindest redete ich mir das ein, um mich ein wenig besser zu fühlen.

Bereits den ganzen Tag verspürte ich starke Kopfschmerzen, die vom vergangenen Abend herrührten. Nach dem Dienst war ich mit meinem Freund und Kollegen Dario auf einen „Absacker" in *Gilbert's Pinte* am Zülpicher Platz eingekehrt. Nun, daraus war letztendlich ein Männerabend geworden, der bis in die frühen Morgenstunden gedauert hatte ...
Trotz des heftigen Pochens in meinem Schädel hatte ich seit meiner Ankunft um drei schon wieder einige Gläser Kölsch zu mir genommen.
Marcels Vater Erich kam zu mir herüber. Er lächelte mich an und nahm mich in den Arm. „Na, Jung, ist doch 'ne tolle Party, oder?"
Im Hintergrund sang Murray Head seinen Welterfolg „One Night In Bangkok".
„Doch, ist ganz lustig."
„Du siehst heute völlig fertig aus", sagte mein väterlicher Freund, in dessen Verantwortung die Leitung des Kriminalkommissariats 1 der Polizeiinspektion 8 lag, und klopfte mir aufmunternd auf die Schulter.
„Das find ich aber auch!" Hartmut Groß, Erichs bester Freund und mein ehemaliger Dienstgruppenleiter auf der Kalker Hauptwache, hatte sich zu uns gesellt und schüttelte mir die Hand. Ich unterhielt mich eine ganze Zeit mit den beiden älteren Kollegen, die ich – wie Marcel – seit meiner frühesten Jugend kannte. Sie erzählten von ihrer „Sturm- und Drangzeit", in der sie sowohl privat als auch in ihrer damaligen Eigenschaft als Streifenbeamte unsere Heimatstadt Köln unsicher gemacht hatten. Ich fragte mich, ob sie bei ihrer Schilderung der Verfolgung eines Bankräubers mit

ihrem VW Käfer anno 1972 nicht maßlos übertrieben. Aber das war mir egal. Ich genoss ihre Gesellschaft.

***

Inzwischen war es bereits halb fünf. Die beiden Gastgeber Diana und Marcel gesellten sich zu uns.
„Pitter, mein alter Freund, vielen Dank für deine tollen Geschenke!" Marcel umarmte mich, was ihm seine zwölf Jahre jüngere Ehefrau alsdann nachmachte. Zu ihrem Hochzeitstag hatte ich ihnen Gutscheine für einen Wellnesstag in der *Claudius Therme* am Rheinpark geschenkt.
Aber Marcel schien sich noch mehr über mein ganz persönliches Geburtstagsgeschenk zu freuen. Es war der vergrößerte Abzug eines inzwischen schon verblassten Fotos, das ihn und mich bei der feierlichen Verleihung unserer Urkunden zum „Polizeihauptwachtmeister zur Anstellung" – einem Dienstgrad, den es inzwischen schon seit etlichen Jahren überhaupt nicht mehr gab – im Februar 1988 zeigte. Stolz hielten wir darauf unsere Urkunden in Erichs Kamera und lächelten Arm in Arm um die Wette. Für diesen bedeutenden Tag hatten wir uns mächtig rausgeputzt und sogar die Messingknöpfe der Dienstjacke unserer grün-bambusbeigefarbenen Uniform auf Hochglanz poliert.
Doch zumindest bei Marcel, der mir über unsere langjährige Freundschaft hinaus ein treuer Streifenpartner wurde, hielt die Begeisterung für unseren Beruf nicht allzu lange an. Knapp sechseinhalb Jahre nach dem Entstehen dieser Aufnahme quittierte er den Polizeidienst und studierte Wirtschaftsinformatik. Inzwischen besaß er seine eigene Firma und lachte sich wahrscheinlich insgeheim über mein vergleichsweise mickriges Gehalt kaputt.

Kaum hatten mir die beiden gedankt, gingen sie zum Gartentor und begrüßten meinen Kollegen Dario Zimmermann und seine

Verlobte Beate, die gerade eingetroffen waren. Auch ihn schien der vergangene Abend mitgenommen zu haben. Etwas lustlos schlurfte er in meine Richtung, nachdem er mich erblickt hatte.
„Na, Pitter, hast du den gestrigen Abend auch überlebt?"
„Hör bloß auf, Mann. War ganz schön heftig, oder?!"
„Wem sagst du das. Ich werd heute gar nicht mehr wach!"
Kriminalkommissar Zimmermann begrüßte Erich und Hartmut, die zwischenzeitlich ein neues Fass angestochen hatten und mit mehreren Kölsch in der Hand zu unserer kleinen Gruppe zurückkamen. Mein zunehmender Alkoholpegel ermöglichte es mir, die Party ohne meine trüben Gedanken genießen zu können.
Es war fünf, als die ersten Gäste begannen, sich zu den Klängen von „A Walk In The Park" der Nick Straker Band im Rhythmus zu bewegen. Diana entdeckte mich am Rande des Gartenhauses auf der Holzbank sitzend und forderte mich zum Tanzen auf.
Wir hampelten eine ganze Weile herum, bis mir die Puste ausging.
„Tut mir leid, Diana, aber ich muss mich ein wenig ausruhen", sagte ich und wischte mir den Schweiß von der Stirn. Mein knallbuntes Hawaiihemd klebte auf der Haut. Mit gespielter Entrüstung schüttelte sie den Kopf und stemmte die Hände in die Hüften. „Na toll! Da will ich einmal mit dem besten Freund meines Liebsten tanzen und dann macht der schlapp! Du bist genauso tanzfaul wie mein Mann!"
„Aber Kind, dafür hast du doch mich!" Erich Koslowski war hinter seine Schwiegertochter getreten und nahm sie in den Arm. Mein Ziehvater schaute mich an. „Soll ich dich ablösen, Jung?"
„Wenn's dir nix ausmacht – ich hab genug ..."
„Manchmal bist du 'n richtig schlapper Sack! Was willst du erst mal machen, wenn du in mein Alter kommst?", fragte der Erste Kriminalhauptkommissar und tanzte mit der Frau seines Sohnes zu den Klängen des „Ketchup Songs", des nervigen Sommerhits aus dem Vorjahr.
Ich konnte dieses Lied inzwischen nicht mehr hören. Die übrigen Gäste schienen meine Meinung nicht zu teilen. Vor allem Marcels

hochintelligente Mitarbeiter, die spindeldürren Informatiker mit Seitenscheitel, dicker Hornbrille und Bundfaltenhose, bewegten sich – wenn auch höchst ungelenk und disharmonisch – zu dem Song, den selbst die Radiosender in der letzten Zeit aus ihrem Programm verbannt hatten. Dabei bildeten sie einen Kreis um die attraktive Sabrina Polster, die die spätpubertären, verträumten Blicke ihrer unerfahrenen Kollegen nur so auf sich zu ziehen schien. Hilfesuchend sah sie mich an. Als „Freund und Helfer" bahnte ich mir meinen Weg durch die unbeholfene IT-Crew, die nicht so recht wusste, wie ihr geschah.
„Möchtest du was trinken?", fragte ich die Dunkelhaarige, die mich am Telefon schon zigmal zu ihrem Chef Marcel durchgestellt hatte und die ich schon Ewigkeiten kannte.
„Sehr gerne!", sagte sie und ließ sich widerstandslos von mir am Handgelenk abführen. Die umstehenden Computerfreaks sahen mich verdutzt an – gerade so, als hätte ich soeben ihre Festplatte gelöscht.

Ich zapfte zwei Kölsch und setzte mich mit Sabrina auf die hölzerne Bank der Biertischgarnitur im Schatten des Gartenhauses.
„Du hast ja echt tolle Kollegen! Die begeistern mich immer wieder aufs Neue."
Marcels hübsche Sekretärin verdrehte die Augen. „Wem sagste das?! Absolute Nervtöter! Der einzig ‚Normale' in der Firma ist der Chef selbst. Aber der ganze Rest – vergiss es! Die haben nix als Computer im Kopf. Grässlich! Ich bin dir so dankbar, dass du mich endlich vor denen gerettet hast!"
Ich nickte. Es war Viertel nach sechs. Eine ganze Weile plauderte ich mit Sabrina über meinen Job, für den sie sich – wie immer, wenn wir uns sahen – sehr zu interessieren schien.
Ich beobachtete meinen Kollegen Dario, der mit seiner Beate engumschlungen tanzte. Auch die übrigen Gäste bewegten sich zu „Come On Eileen" der Dexy's Midnight Runners. Die Stimmung war ausgelassen fröhlich.

Gegen sieben verabschiedete sich Sabrina, meine interessierte Zuhörerin.
Langsam lichteten sich die Reihen; mehrere Mitarbeiter Marcels, die eine derart ausgelassene Partystimmung aus ihrem computerdominierten Mikrokosmos wohl nicht kannten, gingen ermüdet nach Hause. Nun wurde es zunehmend kühler. Marcel erblickte mich in Gedanken versunken am Tisch sitzend und kam zu mir herüber. „Was ist mit dir los? Du bist in letzter Zeit irgendwie komisch."
Ich zuckte mit den Schultern. „Gar nix. Bin nur noch ein bisschen fertig von gestern Abend."
Mein bester Freund schaute mich skeptisch an. „Ich bitte dich, Pitter! Wir kennen uns lange genug. Also: Was ist passiert?"
„Lass uns was trinken, Mann", sagte ich und stand auf. Nachdem ich zwei frische Kölsch gezapft hatte, ging ich wieder zu meinem Platz. Marcel sah mich durchdringend an – wie seinerzeit die Fußgänger, die er dabei erwischt hatte, als sie bei Rot über die Ampel gingen.
„Super Party heute!", warf ich ein, um das Gespräch auf ein anderes Thema zu lenken. Wir stießen an. Ich sah Hartmut und Brigitte, die miteinander tanzten und sich anlachten. Am anderen Ende des Gartens standen Beate und Dario, die sich innig küssten. Diana kam zu uns und setzte sich auf Marcels Schoß. Wo ich auch hinblickte – überall waren glückliche Paare, die Zärtlichkeiten austauschten. Je später es wurde, umso überflüssiger kam ich mir in dieser Runde vor. Nachdem sich auch Diana und Marcel zum Tanzen verabschiedet hatten, saß ich wieder allein an dem Tisch und trank ein Kölsch nach dem anderen.

Als ich das nächste Mal auf die Uhr sah, war es bereits kurz vor acht. Außer meinen drei befreundeten Pärchen und Erich, der sich langsam daran machte, die Spuren der Party zu beseitigen, war niemand mehr anwesend. Ich ging erneut zu dem Fass und zapfte mir ein weiteres Kölsch. Der Rest der Gruppe nahm kaum noch

Notiz von mir. Aus der Stereoanlage ertönte „Voyage, Voyage" von Desireless. Mit jedem Schluck Kölsch wurde es mir wärmer. Erich prostete mir zu und setzte sich neben mich. Wenigstens er bemerkte mich noch. Wir erzählten uns Geschichten aus längst vergangenen Zeiten als Streifenbeamte – und tranken. Ich fühlte, dass sich mein väterlicher Freund in dieser Runde verliebter Turteltäubchen genauso deplatziert fühlte wie ich.

Gegen halb neun verschwand er kurz in seinem Gartenhaus und kam mit einer Flasche Bommerlunder sowie zwei Schnapsgläsern zurück. Der eiskalte Klare tat meiner angeschlagenen Seele gut.

Wie aus weiter Ferne hörte ich, wie Marcel am Telefon mit jemandem sprach.

„Ja, wir sind noch in Erichs Garten – aber allzu lange werden wir wohl nicht mehr machen. Die meisten sind schon gegangen ... Echt?! ... Ja, der ist auch hier ... Ich weiß nicht, ob das so 'ne gute Idee ist ... Hey, da misch ich mich nicht ein ... Musst du wissen ... Okay, dann bis gleich ..."

Ich bemühte mich, Erichs rührender Geschichte zuzuhören, die von einem Kalker Frührentner handelte, der aus Verzweiflung seinen Vermieter verprügelt hatte. Der herzlose Hausbesitzer hatte ihm und seiner pflegebedürftigen Frau aus „Eigenbedarf" kurzerhand die Wohnung gekündigt und wollte sie so schnell wie möglich auf die Straße setzen. Und das nach gut dreißig Jahren. Da das Rentnerpaar so gut wie mittellos war und sie nicht wussten, wo sie hinsollten, war der Mann einfach durchgedreht. Erich hatte ihn an diesem Morgen stundenlang vernommen und war nun sichtlich mitgenommen. So schlimm diese Geschichte auch war: Ich war mit meinen Gedanken völlig woanders. Maria ließ mich einfach nicht los ...

Unbeirrt tranken Marcels Vater und ich weiter aus der Flasche Schnaps. Je länger wir tranken, umso erschreckter musste ich feststellen, dass ich die Wirkung des Alkohols nicht im Geringsten spürte. Ich hatte mich viel zu sehr an hochprozentige Spirituosen gewöhnt.

Zu diesem Zeitpunkt wäre es sicherlich das Vernünftigste gewesen, mit dem Trinken aufzuhören und nach Hause zu gehen. Aber daran dachte ich nicht mal im Traum. Stattdessen goss Erich immer weiter nach und lallte vor sich hin – im Gegensatz zu mir hinterließ der Genuss des Bommerlunders sicht- und hörbare Spuren bei meinem Ziehvater. Aber ich gab mir auch immer weniger Mühe, ihn zu verstehen. An diesem Abend tranken wir in kürzester Zeit schier um die Wette. Alles um uns herum schien bedeutungslos geworden zu sein.
Selbst durch die Begrüßungsorgie, die nunmehr am Gartentor stattfand, ließen wir uns nicht stören.
Vorerst zumindest nicht ...

1. Kapitel: Der Schock

**Kleingartenanlage am Pfälzischen Ring, 50679 Köln-Deutz,
Samstag, 6. September 2003, 21:37 Uhr**

Diana und Marcel begrüßten eine Frau, die im Eingangsbereich des Gartens stand. Als ich sie erblickte, fühlte ich mich wie vom Schlag getroffen: Es war meine Exfrau Maria! Mit Diana und Marcel kam sie zu Erich und mir an den Tisch. Ich spürte die aufkommende innere Unruhe. Ein stechender Schmerz durchfuhr mein Herz. Meine Gefühle für sie hatten sich noch immer nicht geändert – auch wenn ich wütend und enttäuscht war.
Maria kam direkt auf mich zu und streckte mir ihre Hand entgegen. Ihr Blick war jedoch alles andere als warmherzig.
„Hallo Pitter, wie geht's dir? Wir haben uns ja lange nicht gesehen", sagte sie lapidar.
„Kann schon sein. Und bei dir ist auch alles klar?", fragte ich gespielt gleichgültig. Ich musste wieder mal feststellen, dass sie mich immer noch faszinierte. Obwohl ich sie eigentlich längst vergessen haben wollte ... „Sicher", antwortete sie schnippisch. Sie deutete auf Erich und die Flasche Schnaps, die vor uns auf dem Tisch stand. „Dann will ich euch zwei auch mal nicht weiter stören. Ich bin eh nur vorbeigekommen, um Diana und Marcel zu gratulieren."
„Aber ein Gläschen Sekt wirst du mir doch nicht abschlagen können?!", meinte Diana und umarmte Maria, mit der sie sich schon vor Jahren angefreundet hatte. Ich erinnerte mich an die schönen Pärchenabende, die ich wahrscheinlich nie vergessen würde.
Während Diana ihre Freundin in ein Gespräch verwickelte, versuchte ich krampfhaft, mich auf das Gespräch mit Erich zu konzentrieren, den ich von Minute zu Minute und von Glas zu Glas weniger verstand. Er brachte kaum noch einen klaren Satz heraus. Ich hoffte darauf, dass Maria gleich noch mal zu mir an den Tisch kommen und sich mit mir unterhalten würde. Aber meine Erwar-

tungen wurden bitter enttäuscht. Sie ignorierte mich regelrecht und schien sich prächtig zu amüsieren. Meine Wut wurde immer stärker. Wenn sie nicht mit mir reden wollte – warum musste sie dann überhaupt auf der Party auftauchen?
Jedenfalls schien Marcel gemerkt zu haben, dass ich innerlich kochte. Als eine Art „Friedenspfeife" stellte er drei randvolle Kölsch auf unseren Tisch. „So, ich finde, wir drei sollten mal zusammen anstoßen. Prost, Männer!"
Erich hatte sichtlich Mühe, das Glas zu ergreifen. Ich sah meinem Freund fest in die Augen. „Warum ist die hier?"
„Hey, Jung, sie hat eben angerufen, ob sie noch vorbeikommen kann. Schließlich ist sie auch 'ne Freundin von uns. Da konnte ich schlecht Nein sagen. Tut mir leid!"
„Ach, ist doch echt Scheiße! Na ja, lass uns trinken!", sagte ich und kippte das randvolle Glas in einem Zug runter. Marcel blickte mich besorgt an. „Du bist immer noch nicht drüber hinweg, oder?"
„Und wenn's so wäre? Ich kann eh nix dran ändern. Maria scheint das ja anders zu sehen. Wahrscheinlich ist's zu spät. Komm, reden wir von was anderem!"
Marcel faselte irgendwas von unserer Vereinsweihnachtsfeier, die er momentan plante, und von einem Großauftrag für ein Unternehmen aus Hannover, den er an Land gezogen hatte. Alltägliche Themen, die mich zu diesem Zeitpunkt nicht im Geringsten interessierten. Stattdessen beobachtete ich verstohlen Maria, die sich mit Diana und dem Ehepaar Groß sowie mit Dario und Beate unterhielt.
Obwohl ich wenige Minuten vor dieser merkwürdigen Situation fast lethargisch auf mein Schnapsglas gestarrt hatte, war ich mit einem Schlag wieder hellwach. Die Wut stieg immer weiter in mir auf und schien meinen Kopf zum Platzen zu bringen.
Was bildete sich diese blöde Kuh eigentlich ein, auf der Party meines besten Freundes aufzutauchen?
„Hier, Pitter, trink noch was!", sagte Marcel und reichte mir ein

Glas Kölsch. „Danke, mein Freund!", sagte ich und stieß mit ihm an. Erichs Augen waren zwischenzeitlich zugefallen. Maria hielt es immer noch nicht für nötig, mit mir zu reden.

Langsam fiel es auch mir schwer, klar zu denken. Erich erschien nun vor meinen Augen vereinzelt doppelt, der Garten begann sich ab und an um mich zu drehen. Aber wir tranken weiter. Tja, während Marcel im Inneren der Laube verschwunden war, um Ordnung zu schaffen, lachte Maria immer lauter und ließ Sätze wie „Glaubt mir, ich hab noch nie einen so netten Mann wie Stefan kennengelernt!" oder „Wir passen so gut zusammen!" fallen. Sie dachte wohl, dass ich ihr Gespräch nicht mehr mitbekäme, da ich schon einiges getrunken hatte und in den Seilen hing.

Je länger ich diesem gequirlten Liebesgesülze und diesen Lobhudeleien auf den mir unbekannten Stefan – offensichtlich Marias neuem Lover – zuhören musste, desto unerträglicher wurde es für mich. Ich kann selbst heute beim besten Willen nicht nachvollziehen, wie ich diesen Scheiß tatsächlich fast zwei Stunden aushalten konnte. An diesem Abend wurde meine Geduld auf eine mehr als harte Probe gestellt. Marias Benehmen war doch einfach nur widerwärtig – auch wenn sie davon ausging, dass ich es nicht mitbekam!

Irgendwann reichte es mir dann doch. „Natürlich wollen wir Kinder haben!", sagte sie, was die anwesenden Damen mit Sätzen wie „Oh, wie schön!" quittierten. Ich kippte meinen Schnaps runter und ging zu dieser harmoniesüchtigen Truppe. Aus einiger Entfernung vernahm ich mehrere lautstarke Signalanlagen von Einsatzfahrzeugen.

„Willst du das den armen Kindern tatsächlich antun, Maria?!", sagte ich zu meiner verdutzten Exfrau. „Ich mein – die kannst du ja auch nicht nach ein paar Jahren in die Wüste schicken, wenn du kein Interesse mehr an ihnen hast. So 'n Kind heißt Verantwortung. Und 'ne eiskalte, karrieregeile Tussi wie du hat doch eh nur ihren eigenen Vorteil im Kopf! Da ist kein Platz für andere! Also ich würd mir das gut überlegen!"

Die ringsum stehenden Pärchen schauten mich bestürzt an. Maria war vor Schreck erstarrt. Ihr wurde nun bewusst, dass ich ihre Unterhaltung Wort für Wort verfolgt hatte. „Pitter, ich ..."
Aber ich winkte nur barsch ab und ging zu Erich rüber, der schon wieder eingeschlafen war.
Ich konnte vernehmen, wie die Damen untereinander tuschelten. „Nein, ist okay. Ich werde jetzt eh abgeholt! Ist auch besser, wenn ich gehe! Ich werde draußen warten", sagte Maria und verabschiedete sich von den anderen.
Marcel kam zu mir an den Tisch. „Was war das denn eben?", wollte er von mir wissen.
„Ach, ist doch wahr! Diese blöde Kuh hat von ihrem Neuen erzählt! Da bin ich halt ausgerastet!"
Maria war gegangen. Sie hatte tatsächlich einen anderen. Fassungslos starrte ich auf den Gartentisch. Tränen stiegen mir in die Augen. Marcel nahm mich in den Arm. „Hey, ist ja gut! Irgendwann wirst du auch wieder glücklich!"
Aber ich schüttelte ihn ab. „Lass mich doch in Ruhe!", fauchte ich ihn an. „Ihr könnt mich alle mal! Ich hau ab!" Ich sprang auf, wobei ich das Kölschglas auf den Boden schmiss.
Das Martinshorn-Konzert im Hintergrund war nun bedrohlich nahe. Marcel packte mich unsanft an der Schulter. „Ich glaub, das wäre jetzt auch besser, Mann!"
Wie vom Donner gerührt schaute ich Marcel an. Nicht nur, dass mein bester Freund meiner Verflossenen gestattete, auf seiner Party aufzutauchen und von ihrem Neuen zu reden – nein, er schmiss mich auch noch raus! Das ertrug ich nicht. „Ist das dein Ernst?! Okay: Dann feier noch schön – ohne mich!", schrie ich wutentbrannt. Dario und Hartmut glaubten an eine Eskalation und packten mich an Ärmel und Schultern. Ich schüttelte sie jedoch ab. „Glaubt ihr wirklich, ich fang hier Ärger an?!" Kopfschüttelnd und wortlos verließ ich Erichs Parzelle und bahnte mir den Weg durch die Kleingartenanlage. Über das Verhalten meiner Freunde war ich unendlich enttäuscht. Da entdeckte ich Maria,

die am Straßenrand stand. Ich erstarrte. Meine Verzweiflung und die unerwiderten Gefühle waren unerträglich.
Als dann auch noch ein Z3 mit offenem Verdeck anhielt und ein blonder Hüne angeberisch über die Beifahrertür sprang, um Maria in die Arme zu schließen und zu küssen, reichte es mir.
„Ist das dein Stefan?", brüllte ich über die ganze Straße, die vom flackernden Blaulicht, das offensichtlich aus der Karlsruher Straße kam, erleuchtet wurde. Maria hielt sich erschrocken die Hand vor den Mund, als sie mich entdeckte.
Sie flüsterte ihm etwas ins Ohr. Es schien, als ob sie ihn zum Aufbrechen drängen wollte. Dieser Stefan blickte sich hilflos um und grinste verlegen in meine Richtung, als ich auf sie zukam. Meine Wut steigerte sich fast ins Unermessliche, als dieser Idiot, der fast zwei Köpfe größer war als ich und den Blick auf seine strahlend weißen Zähne preisgab, mir die Hand geben wollte, obwohl Maria versuchte, ihn davon abzuhalten.
„Hallo Pitter, schön, dich kennenzulernen. Ich heiße Stefan. Stefan Osterloh. Mary hat mir schon viel von dir erzählt."
Oh Gott, was für ein Arschloch! Wie konnte er sie nur „Mary" nennen? Auf so 'ne hirnrissige Idee war ich nie gekommen ...
Ich verspürte den starken Wunsch, mit diesem Penner mal für ein paar Runden in den Ring zu steigen. Mal sehen, ob der sich dann immer noch freuen würde, meine Bekanntschaft zu machen.
„Tach. Du bist also Marias Neuer?" Ich muss ihn angesehen haben, als wollte ich ihn umbringen. „Na ja, ich wusste gar nicht, dass du so 'nen schlechten Geschmack hast!"
„Hey, was soll das denn? Also, das war jetzt nicht besonders nett!", so sein unbeholfener Einwurf.
„Oh Mann, Maria, was hast du dir denn da für 'nen Weichspüler an Land gezogen?! Ist das ein Scheiß hier! Das ist ja kaum zum Aushalten!", sagte ich und verschwand grußlos, bevor ich mich nicht mehr unter Kontrolle halten könnte.
Ich ging auf die Fußgängerbrücke, die den Pfälzischen Ring überspannte und zu der Straßenbahnhaltestelle führte, und schaute

auf die Uhr: 23.32 Uhr. Da ich mich noch nicht vollends abgeschossen hatte, beschloss ich, mit der Bahn in die Altstadt zu fahren. Vielleicht war im *Haxenhaus* oder in der *Kulisse* noch was los. Aber zunächst wollte ich mich ein wenig ausruhen.
Wie ein nasser Sack ließ ich mich auf den kühlen Asphaltboden des Überwegs fallen, lehnte mich an das Metallgeländer und betrachtete den sternenklaren Himmel, während ich vom Blaulicht mehrerer Einsatzfahrzeuge in der Nähe angestrahlt wurde.

Allen Ernstes fragte ich mich, welchen Sinn dieses Scheißleben überhaupt noch hatte. Obwohl ich spätestens nach dem Vorfall von Rosenmontag wusste, dass es völlig überflüssig war, noch weiter um Marias Gunst zu kämpfen, schmerzte es mich nun maßlos, sie mit einem neuen Mann zu sehen. Schlagartig wurde mir klar, dass unsere Beziehung tatsächlich Geschichte war. Diese Erkenntnis bestärkte mich in meinem Wunsch, meinen Schmerz im Alkohol zu ertränken.
Minutenlang saß ich auf dem Überweg und schaute gen Himmel. Ich beobachtete einen Jet, der alle Scheinwerfer und Positionslampen eingeschaltet hatte und sich im Landeanflug auf den Flughafen Köln/Bonn befand.
Eine Minute später waren mir die Augen zugefallen. Ich schlief tief und fest.

Drei auf die Karlsruher Straße abbiegende Fahrzeuge holten mich aus meinem Ausflug ins Traumland in die gnadenlose Realität zurück. Ich sah gerade noch das Heck des weißen Sprinter-Kastenwagens, dessen Reflektorstreifen von den Straßenlaternen taghell beleuchtet wurden. Die Anwesenheit dieses Mercedes-Lieferwagens, den ich nur allzu gut kannte, verhieß nichts Gutes: Es handelte sich um den Tatortwagen des Präsidiums, der in seinem großen Laderaum alle möglichen Gerätschaften und Utensilien zur Durchführung der Spurensicherung an einem Tatort beherbergte.

Ich sah, wie der Sprinter nach wenigen Metern auf der Karlsruher Straße abbremste und an einer kleinen Einmündung am rechten Fahrbahnrand zum Stillstand kam, an der bereits mehrere Einsatzfahrzeuge geparkt waren. Da ich die Gartenanlage schon Ewigkeiten kannte, wusste ich, wozu diese Einmündung gehörte, zu der die mit weißen Schutzanzügen bekleideten Beamten nun liefen: zu der Wermelskircher Straße, die in diesem Abschnitt nur einen Anliegern vorbehaltenen Weg bildete, welcher die Grenze zwischen der Gartenkolonie und dem Bahndamm markierte.
Obwohl mich die Neugier gepackt hatte, harrte ich noch mehrere Minuten an meinem Standort aus und beobachtete das Schauspiel, das sich mir in einigen Metern Entfernung bot. Zwei emsige Beamte schienen die gesamte Fracht des Lieferwagens zu entladen. Die beiden Kollegen entnahmen dem Transporter Stativstrahler und schwere Aluminiumkoffer.

Schließlich raffte ich mich doch auf und ging zu der Einmündung an der Karlsruher Straße. Ich kämpfte mich durch die dichten Reihen geparkter Einsatzfahrzeuge die kleine Anhöhe hinauf. Die Blaulichter, Stroboskopblitzer, Abblendscheinwerfer und Warnblinker der Streifenwagen, des Rettungswagens sowie des Notarzteinsatzfahrzeuges sorgten für ein buntes Lichtermeer, das den „Kölner Lichtern" alle Ehre gemacht hätte. Zwei Rettungssanitäter und der Notarzt bestiegen gerade ihre Fahrzeuge und brausten davon.
Ein uniformierter Polizeioberkommissar, auf den ich direkt zulief, überschlug sich regelrecht bei seinem an die Leitstelle adressierten Funkspruch. Mit festem Griff hielt er das klobige Handsprechfunkgerät umklammert.
„KK 11 und ED am ‚TO' eingetroffen!", sagte er laut und hektisch.
„Ja, verstanden!", entgegnete eine Stimme aus dem Lautsprecher des Funkgeräts.
Die unzähligen Lampen und Scheinwerfer brachten seinen

schwarzen Lederblouson zum Glänzen. Da er in seinem Funkspruch von einem „TO", also einem Tatort und vom Eintreffen meines KK 11 und des Erkennungsdienstes, der für die Spurensicherung zuständig war, gesprochen hatte, wollte ich wissen, was genau passiert war.
Doch ich wurde am Weitergehen gehindert. Jemand griff mir von hinten an die Schulter.
„Hallo Pitter, du auch hier? Was ist denn jetzt genau passiert? Deine Kollegen von der Trachtengruppe wollen nicht mit uns reden. Wir wissen nur, dass der Tote ein Ausländer ist. Gibt's da vielleicht einen rechtsextremistischen Hintergrund?" Hinter mir stand ein untersetzter Mann meines Alters, der zu Jeanshemd und -hose eine schwarze Lederweste trug.
Sein strähniges, nackenlanges, schwarzes Haar mit grauen Koteletten hielt er mit einer Sonnenbrille im Zaum, die er wie einen Haarreif auf dem Kopf trug. Sein entschlossen dreinblickendes Gesicht war mit Pockennarben übersät. Der ihn begleitende Fotograf hielt die Spiegelreflexkamera bereit. In seiner Hand hielt Hannes Lüssem, der von allen nur „Der Schnelle Schäng" genannt wurde und als Polizeireporter für die Kölner Lokalredaktion der BILD arbeitete, einen Notizblock und sah mich erwartungsvoll an.
Ich verdrehte nur die Augen. „Schäng, ich hab keine Ahnung, und du Schmierfink wärst der Letzte, dem ich irgendwas erzählen würde. Du lässt doch deiner Phantasie eh immer freien Lauf und schreibst, was dir in den Sinn kommt, ob das stimmt oder nicht. Und außerdem: Dir steht's nun wirklich nicht zu, die Kollegen des Wach- und Wechseldienstes als Trachtengruppe zu bezeichnen. Sieh zu, dass du verschwindest!"
„Richtig so, Herr Merzenich! Lassen Sie sich von diesem Idioten nichts gefallen. Nazi-Mord hier in Buchforst – ist ja lächerlich! Sieht doch ein Blinder mit Krückstock, dass das eine Hinrichtung der Drogenmafia war, stimmt's, Herr Merzenich?!", fragte mich nun eine Frau mit langen roten Haaren, die Lüssem beiseite

geschubst hatte und mir zuzwinkerte. Gaby Möltgen alias „Die Rote Zora" vom EXPRESS war nicht minder aufdringlich als ihr BILD-Pendant Lüssem. Sie versuchte es bei mir wieder mal mit ihren weiblichen Reizen, während sich Manni Lüttke, ihr Fotograf, lauthals mit seinem BILD-Kollegen Matze Brandes unterhielt.

„Euch beiden ist doch echt nicht mehr zu helfen! Wendet euch an die Pressestelle und lasst die Kollegen hier in Ruhe ihre Arbeit machen, ihr Aasgeier!", schrie ich die beiden Reporter an und ging nun weiter in Richtung des uniformierten Beamten.

Als ich jetzt vor ihn trat, musste ich erstaunt feststellen, dass mein Anflug von Trunkenheit angesichts der Auseinandersetzung mit den „Journalisten" vollends verschwunden war. Mit fester Stimme sprach ich den Beamten an, der auf der Kuppe der kleinen Anhöhe stand, hinter der sich der Weg erstreckte.

„'n Abend, Herr Kollege, darf man erfahren, was hier passiert ist?", fragte ich und warf einen verstohlenen Blick in die Richtung des kleinen Asphaltweges zwischen Bahndamm und Kleingartensiedlung, auf dem reger Betrieb herrschte. Einige Meter hinter dem rot-weiß gestreiften Trassierband, das der uniformierte Kollege absicherte, wurde ein Teil des Weges durch das grelle Licht der soeben eingeschalteten Stativstrahler taghell ausgeleuchtet. Am bahndammseitigen Wegesrand entdeckte ich einen leblosen Körper, um den sich eine große Blutlache gebildet hatte. Über den Toten gebeugt, entdeckte ich zwei spurensichernde Beamte des Erkennungsdienstes – ich erkannte Thomas Schwadorf und Alwin Scheunemann – sowie den Tatortfotografen des Fotozentrallabors, Markus Büttgen. Hinter ihnen standen Karl-Heinz Schütz und seine MK-Kollegen Rudi Antonelli und Arnim Böll.

Der uniformierte Kollege vor dem Absperrband sah mich skeptisch an. „Ich wüsste nicht, was Sie das angeht! Das habe ich aber schon Ihren Kollegen gesagt", sagte er mit einem Blick auf Lüssem und Möltgen, die sich mit ihren Fotografen etwas abseits positioniert hatten und nunmehr auf eine neue Chance warteten.

„Wenden Sie sich bitte an die Pressestelle!", sagte er, ohne meinen vorherigen Einwand, dass wir Kollegen seien, auch nur ansatzweise zu kommentieren. Ich wollte gerade nach meinem Dienstausweis suchen, als mir einfiel, dass ich ja gar nicht im Dienst war. Beschwichtigend hob ich die Hände. „Schon gut! Ich geh ja schon!" Ich drehte mich um und ging wieder zur Karlsruher Straße hinab.

„Hey Pitter!", ertönte es plötzlich hinter mir. Ich freute mich, Kriminaloberkommissar Dirk Matthias, einen erfahrenen Beamten der K-Wache 1, zu sehen.

Dirk kam zu der Absperrung und sah den uniformierten Polizeioberkommissar besänftigend an. „Schon gut, Holger, das ist ein Kollege von uns." Der Uniformierte nickte entschuldigend in meine Richtung und hielt das Trassierband hoch, damit der K-Wachler auf meine Seite der Absperrung kommen konnte.

„Mensch, Jung, was machst du denn hier?"

„Ach, reiner Zufall. Ich war bei 'nem Freund auf 'ner Geburtstagsparty hier in der Schrebergartensiedlung."

„Und deiner Fahne nach zu urteilen hast du einiges getrunken, was?!", sagte Dirk, ein hochgewachsener Enddreißiger mit ergrautem Haar und stechend stahlblauen Augen, und lachte.

„Frag lieber nicht, Mann!" Mit einem Kopfnicken deutete ich in die Richtung des leblosen Körpers. „Was ist denn mit dem Typen passiert?", wollte ich wissen.

„Dem haben sie den Schädel eingeschlagen – vermutet zumindest der Notarzt. Hat 'ne ganz schön heftige Wunde am Kopf. Vor gut anderthalb Stunden ist der Tote hier von Anwohnern aus der Stegerwaldsiedlung gefunden worden, die mit ihrem Hund Gassi gegangen sind. Der Notarzt hat noch versucht, ihn zu reanimieren. Aber für den armen Kerl kam leider jede Hilfe zu spät."

„Wer war der Tote?"

Dirk zuckte mit den Schultern. „Keine Ahnung. Wir haben seine Taschen noch nicht durchsucht, ist ja Sache der Spusi. Sieht auf jeden Fall südländisch aus. Wahrscheinlich ein Türke oder Araber. Ungefähr Anfang dreißig. Mehr kann ich dir im Moment nicht

sagen. Ich würd dir ja gerne den Tatort zeigen – aber du kennst ja die Vorschriften." Dirk wies an sich herunter. „Ohne Schutzanzug darfst du das Gelände nicht betreten. Deine Kollegen Karl-Heinz, Rudi und Arnim sind übrigens auch vor Ort. Hacki und Ralf vernehmen die Zeugen im Präsidium. Die Staatsanwaltschaft müsste eigentlich auch jeden Moment eintreffen. Wir haben den Tatort an die MK übergeben und rücken gleich ab." Er deutete mit dem Kopf in Karl-Heinz', Arnims und Rudis Richtung.
„Ich hab die schon gesehen", entgegnete ich.
„Willst du ihnen denn nicht Tach sagen?!"
„Nee, lass mal. Ich wollte eh nur mal sehen, was hier so los ist. Jetzt geh ich in meine Kneipe und sauf weiter! Mach's gut! Und noch viel Spaß beim Nachtdienst!"
Dirk gähnte und klopfte mir auf die Schulter, bevor er wieder unter dem Trassierband hindurchkroch.

Ich schaute auf die Uhr: 00.48 Uhr. Für die Altstadt war's langsam zu spät. Vielleicht hatte mein alter Kumpel Alfons ja noch das eine oder andere Gläschen für mich übrig ... Aber wenn ich in seiner Kneipe, dem *Kalker Eck*, noch ein paar Gläser Kölsch und Klaren abstauben wollte, müsste ich mich beeilen. Kaum war ich wieder auf dem Pfälzischen Ring, kam zufällig ein Taxi vorbei. Ich hielt den elfenbeinfarbenen Mercedes mit einer Handbewegung an.

***

Keine zehn Minuten später hatte mich der urkölsche Taxifahrer, der den aus dem CD-Player des Autoradios ertönenden Karnevalshit „Superjeile Zick" von Brings lautstark und in allen erdenklichen Tonlagen mitsang, an der Kneipe Ecke Vietorstraße/Vorsterstraße im alten Kalker Industriegebiet abgeliefert.
Ich betrat die verqualmte Eckkneipe, an deren Tresen noch einige ältere Kalker standen und sich bei Kölsch, Schnaps und Zigaretten unterhielten. Alfons, der dicke, glatzköpfige Wirt mit Walrossschnauzbart, polierte gerade einige Kölschstangen. Als er mich

erblickte, kam er freudestrahlend hinter der Theke hervor.
„Tach Jung, wie es et? Wors jo allt lang nit mih he!"
„Übertreib's mal nicht, Mann! Ich hab doch erst Donnerstag mit dir hier getrunken. Weißt du doch noch!"
Alfons schlug sich mit der flachen Hand gegen die Stirn. „Stemp! Wie kunt ich dat bloß verjesse?! – Wie immer, leeve Jung?!"
Ich nickte.
Keine Minute später hatte mir Alfons ein Kölsch und einen Klaren auf den Tresen gestellt.
Die Männer neben mir unterhielten sich noch eine ganze Weile über die Leistungen des gerade wieder in die 1. Bundesliga aufgestiegenen 1. FC Köln sowie über die in gut zwei Wochen stattfindende Grundsteinlegung der *Köln Arcaden*, eines riesigen Einkaufscenters, das zwischen dem Präsidium und der Vietorstraße auf dem großen Brachgelände des ehemaligen Kalker Industriegebietes entstehen sollte. Nicht nur innerhalb der hiesigen „Urbevölkerung" wurde der Baubeginn kontrovers diskutiert. Auch die ortsansässigen Einzelhändler, die größtenteils kleine Geschäfte auf der Kalker Hauptstraße betrieben, fürchteten die Fertigstellung des gigantischen Konsumtempels in unmittelbarer Nachbarschaft, der sie ihrer Stammkundschaft berauben und sie in die Insolvenz treiben könnte.
Irgendwann hatten die „Thekenpolitiker" keine Lust mehr, sich über dieses Thema zu unterhalten und gingen nach Hause. Nachdem wir – endlich – alleine waren, gesellte sich Alfons zu mir. Wir tranken ohne Pause. Die Bilder meiner frisch verliebten Exfrau schienen mit jedem Schluck Kölsch zu verblassen.
Gegen drei verabschiedete ich mich randvoll abgefüllt von meinem Kumpel und machte mich auf den in meiner Verfassung beschwerlichen Heimweg in die Bertramstraße.
Ohne mich auszuziehen fiel ich ins Bett und schlief sofort ein.

2. Kapitel: Mordkommission „Damm"

Polizeipräsidium Köln, Abteilung Gefahrenabwehr/Strafverfolgung, Zentrale Kriminalitätsbekämpfung, Kriminalgruppe 1, Kriminalkommissariat 11, Mordkommission 2, Walter-Pauli-Ring 2-4, 51103 Köln-Kalk, Sonntag, 7. September 2003, 10:16 Uhr

Während „Eye Of The Tiger" ertönte, bahnte ich mir einen Weg durch die jubelnden Massen in den Ring. Ich genoss das Bad in der Menge, die mir mit ihren lauten Sprechchören und den La-Ola-Wellen für den bevorstehenden Kampf einheizten. Immer wieder schallte es „Pitter! Pitter!" durch die Sporthalle.
Der Ringsprecher begrüßte meinen blonden Gegner namens Stefan, der von den Zuschauern gnadenlos ausgebuht wurde. Seine Freundin Maria gab ihm einen Abschiedskuss, bevor er ängstlich zu mir herübersah und den Ring bestieg. Kaum war der Gong zur ersten Runde ertönt, schmetterte ich ihm meine Faust mitten ins Gesicht. Mit einem schmerzerfüllten Aufschrei ging er zu Boden. Die Massen jubelten, als der Ringrichter meinen Gegner anzählte.

In diesem Moment des Triumphes hörte ich den schrillen Ton meiner Türklingel. Verwirrt riss ich die Augen auf und musste feststellen, dass mein Gegner verschwunden war – genauso wie der Ring und meine kreischenden Fans.
Ich schaute auf die Uhr: 9.49 Uhr. Mein Kopf schmerzte, ein ekelerregend pelziger Geschmack lag auf meiner Zunge. Es klingelte immer noch an meiner Tür. Wutentbrannt stand ich auf und lief schwankend durch die Wohnung, wobei ich feststellte, dass ich immer noch mein Hawaiihemd und die Jeans trug.
Wie von der Tarantel gestochen riss ich die Tür auf. Vor mir stand ein hagerer, großgewachsener Mann Anfang dreißig mit kurzen dunkelblonden Haaren und kleiner Brille. Mein Gegenüber hatte

seinen langen Hals noch höher gereckt und erinnerte mich ein wenig an Daniel Düsentrieb.
Der Mann sah mich vorwurfsvoll an. „Sag mal, Pitter, kriegst du überhaupt noch was mit? Hörst du dein Telefon nicht, oder was? Ich versuch seit 'ner Dreiviertelstunde, dich anzurufen! Die K-Wache hat das auch schon vergeblich versucht!"
„Was ist denn los?", wollte ich von meinem Kollegen Dario Zimmermann wissen und sah ihn genervt an. Die pochenden Kopfschmerzen brachten mich fast um den Verstand.
„Wir müssen ins Präsidium. Um Viertel nach zehn ist 'ne MK-Besprechung. Los, los, zieh dich an – oder besser gesagt, um!"
Dario trieb mich vor sich her ins Bad. Ich putzte mir die Zähne, wusch mir das Gesicht mit eiskaltem Wasser, um wach zu werden, entledigte mich meiner nach Qualm stinkenden Klamotten vom Vorabend, zog mir T-Shirt und Jeans an und warf meine Jeansjacke über.
Wir liefen die Treppe hinunter und stiegen in Darios Auto, einen fast bis zur Unkenntlichkeit getunten, flammroten Calibra 16 V, der eher zu einem geltungssüchtigen Vorstadtjugendlichen als zu meinem Kollegen gepasst hätte, dem das Image eines Denkers und Computerfreaks anhaftete. Dario startete den Motor seines Opels, der sich mit röhrendem Sportauspuff in Bewegung setzte. Für meine Kopfschmerzen war es nicht gerade förderlich, dass aus der teuren Stereoanlage der aktuelle Scooter-Hit bassuntermalt und in Diskolautstärke ertönte. Genervt drehte ich das Radio leiser, als Dario mit quietschenden Reifen auf die Kalk-Mülheimer Straße abbog.
Mein Kollege sah mich skeptisch an. „Hast dich ja gestern Abend wieder von deiner besten Seite gezeigt, was?! Marcel ist ziemlich sauer auf dich!"
Aber ich zuckte nur mit den Schultern. „Ach, ist mir egal. Warum musste diese blöde Kuh denn auch da auftauchen? So 'ne Scheiße! Mal was anderes: Weißt du, was das für 'ne MK-Besprechung ist? Etwa wegen dem Toten vom Bahndamm neben Erichs Kleingarten?!"

„Geh ich mal von aus. Also hast du das Spektakel heute Nacht auch noch mitgekriegt?! Hätte ich ja nicht gedacht, so sauer wie du warst ... Auf dem Heimweg haben Beate und ich den Dirk getroffen. Der hat uns ein wenig von dem Fall erzählt."
„Aber was haben wir eigentlich damit zu tun? Ist doch ein Fall für Karl-Heinz und seine MK 2."
„Die K-Wache hat eben am Telefon irgendetwas von einem Autounfall erzählt, den Arnim und Rudi hatten. Aber Genaueres weiß ich auch nicht. Jedenfalls sind wir beide wohl die einzigen, die momentan noch als Ersatz verfügbar sind."
„Na toll ..."

***

Um zehn nach zehn parkte Dario seine Prollschleuder auf dem obersten Deck des PP-Parkhauses. Wir sprinteten zum Eingang des großen sandsteinfarbenen Präsidiums, das bislang das einzige neu errichtete Gebäude auf dem trostlosen Ödland des alten CFK-Fabrikgeländes war.
Als wir um 10.16 Uhr den nüchtern eingerichteten Besprechungsraum betraten, hatten wir uns gerade mal um eine Minute verspätet.
Neugierig blickte uns der Rest der Truppe an.
Da war unser Kollege Thorsten Herberts, der von uns allen nur „Der Düsseldoofe" genannt wurde. Der kräftige Kriminaloberkommissar der MK 2 fuhr sich gerade durch das gegelte, nackenlange, dunkle Haar, inspizierte den korrekten Sitz seines Ohrrings und verschränkte die Arme vor der Brust, nachdem er Dario und mir freundlich, aber müde zugenickt hatte.
Kriminalkommissar Marco Dyck, der glatzköpfige, rotwangige und untersetzte Mittdreißiger aus Bergheim tippte eine SMS in sein Handy und sah übernächtigt aus. Schließlich zog der Ermittlungsbeamte der MK 2 nebenberuflich allsamstagabendlich als „DJ Marc'O" durch die Clubs und Diskotheken des Erftkreises.

Kriminalhauptkommissar Karl-Heinz Schütz, der trotz seines Alters von achtundfünfzig Jahren einer der engagiertesten Kollegen überhaupt war, starrte wie besessen auf ein Bild, das vor ihm auf dem Tisch lag, und machte sich Notizen. Der grauhaarige Mann aus der beschaulichen, sich entlang der Sieg erstreckenden Gemeinde Windeck war der Leiter der Mordkommission 2, die wie Theos, Andríkos', Darios, Ninas und meine MK 3 zum Kriminalkommissariat 11 gehörte. Sollten wir den Kollegen unserer benachbarten Kommission tatsächlich aushelfen, würde ich mich darüber sehr freuen. Im Gegensatz zu unserem MK-Leiter Theo Voß war Karl-Heinz nicht nur auf sein persönliches Fortkommen bedacht, sondern zeigte seinen Kollegen auch seine menschliche Seite. Ein Aspekt, den ich beim karrieregeilen Theo schon oft vermisst hatte.

Weiterhin waren noch Ralf Brambach und Michael Hackmann, genannt „Hacki", zugegen, zwei Kriminalbeamte, die zwar nicht (beziehungsweise in Ralfs Fall seit einiger Zeit nicht mehr) zu den Mordkommissionen des KK 11 gehörten, uns als so genannte „Kaderkräfte" aber immer wieder personell unterstützten. Ich freute mich, Hacki, meinen Kollegen aus Tagen bei der Bereitschaftspolizei, endlich mal wiederzusehen.

Durch das große Fenster drangen Sonnenstrahlen ein, die einen schönen Spätsommertag verhießen.

Nachdem Dario und ich Platz genommen hatten, rückte Karl-Heinz seine Brille zurecht und erhob seine unverwechselbar tiefe Stimme.

„Tja, Leute, also ganz kurz zur Info: Nachdem die Tatortarbeit beendet war, haben sich Arnim und Rudi, mit denen ich Bereitschaft versehen habe, auf den Rückweg zum Präsidium gemacht. An der Tankstelle am Messe-Kreisel hat sie ein Taxibus übersehen, der gerade vom Tanken kam, ihnen die Vorfahrt genommen und ist ihnen reingefahren. Der Golf, mit dem sie unterwegs waren, ist nur noch schrottreif. Ich bin zur Unfallstelle gefahren. Sah ziemlich übel aus."

„Ach, du Scheiße!", entfuhr es mir. „Wie geht's den beiden denn?"
Thorsten gähnte und ergriff das Wort. „Geht so. Arnim hat ein Schleudertrauma. Rudi hat sich einen Arm gebrochen. Die haben's Gott sei Dank mit Humor genommen und gesagt, dass das doch gar nicht so schlimm sei ..."
„Oh Mann, die Chaoten kann auch nix erschüttern", meinte ich.
Karl-Heinz sah uns der Reihe nach an. „Es hilft alles nix, wir müssen uns um den Fall kümmern – auch, wenn wohl jeder von uns die Kollegen lieber im Krankenhaus besuchen würde."
Ich nickte und versuchte, nicht an meine Kopfschmerzen und die Übelkeit zu denken und mich auf Karl-Heinz' Vortrag zu konzentrieren.
„Also", Karl-Heinz rückte erneut seine Brille zurecht, „um 23.27 Uhr ging in der Rettungsleitstelle der Notruf eines Pärchens aus der Stegerwaldsiedlung ein. Ina Sperber und Gerrit Zielinski, so die Namen der Zeugen, sind mit ihrem Hund am Buchforster Bahndamm Gassi gegangen und haben auf dem kleinen Teilabschnitt der Wermelskircher Straße zwischen dem Damm und der Kleingartenanlage am Pfälzischen Ring den leblosen Körper dieses Mannes entdeckt."
Karl-Heinz deutete auf ein Bild, das sich hinter ihm an der Pinnwand befand. Es zeigte den auf dem Bauch liegenden Körper einer offenbar männlichen Person, die eine stark blutende Wunde oberhalb des linken Ohrs hatte.
„Der Notarzt konnte nur noch den Tod des Mannes feststellen. Wie ihr auf dieser Ausschnittsvergrößerung selbst sehen könnt", Karl-Heinz teilte mehrere Kopien aus, auf denen die klaffende Wunde am seitlichen Schädel abgebildet war, „hatte der Tote gravierende Kopfverletzungen."
Ich betrachtete das Bild, das Dario vor mir auf den Tisch legte. Der ekelerregende Anblick des blutverkrusteten, eingeschlagenen Schädels, aus dem Knochensplitter ragten und Gehirngewebe ausgetreten war, ließ mich meine Übelkeit noch stärker spüren.

Ich konnte mich an den Anblick des Todes einfach nicht gewöhnen, so sehr ich mich auch bemühte, mir einzureden, dass diese Bilder nun mal zu meinem Beruf gehörten.

„Da der Notarzt von einer nichtnatürlichen Todesart ausging, alarmierten die anwesenden Streifenkollegen die K-Wache, die uns hinzurief. Nach der Einschätzung der Rechtsmedizin starb der Mann vermutlich an stumpfer Gewalteinwirkung gegen das obere Scheitelbein. In diesem Zusammenhang kann von Fremdverschulden ausgegangen werden. Doktor Pfeiffer, der Fettsack, geht davon aus, dass der Tod nicht allzu lange vor dem Fund eintrat. Aber das wird die Obduktion in der Gerichtsmedizin heute zweifelsfrei klären. Doktor Müller hat die Leichenöffnung angeordnet."

„Gut. Bevor ihr auf diese Frage kommt: Es deutet alles darauf hin, dass die Tat an dieser Stelle stattfand, Tat- und Fundort also identisch sind."

„Habt ihr denn auch das mögliche Tatwerkzeug gefunden?", wollte ich wissen.

„Leider nicht. Wir haben die gesamte nähere Umgebung abgesucht und nichts gefunden."

„Wie hieß der Tote?", fragte Dario und machte sich eifrig Notizen.

„Um es vorwegzunehmen: Wir haben bei dem Toten keine Ausweispapiere oder Ähnliches gefunden, lediglich einen Zettel mit einer Telefonnummer, einem Namen und einer Anschrift, auf die ich später noch eingehen werde. Aber dafür haben wir die vom Toten erhobenen Fingerabdrücke mithilfe des Telebild-2000-Verfahrens mal in AFIS überprüft."

AFIS, das Automatisierte Fingerabdruck-Identifizierungs-System, war eine Datenbank des Bundeskriminalamtes, in der alle bundesweit jemals bekanntgewordenen Fingerabdrücke gespeichert wurden.

Karl-Heinz fuhr mit seinen Äußerungen fort: „Bingo! Der Tote war polizeibekannt. Er hieß Faruk Al-Hafez, libanesischer Staats-

angehöriger, geboren am 1. Januar 1971 in Beirut. Er kam als Bürgerkriegsflüchtling Ende der Siebzigerjahre nach Deutschland."
Der MK-Leiter reichte eine Porträtaufnahme des Toten in die Runde, die in der vergangenen Nacht gemacht worden war. Auf ihr sah Al-Hafez aus, als ob er friedlich schlafe. Nur die Wunde über seinem linken Ohr, die man in der Frontalansicht ansatzweise sah, störte diesen Eindruck. Faruk Al-Hafez hatte die dunkle Haut eines Arabers, dichtes, aber kurzgeschnittenes schwarzes Haar, eine große Adlernase, buschige Augenbrauen und einen schmalen Schnauzbart, der eher wie ein „Zierstreifen" aussah.
„In POLAS war einiges über ihn zu finden."

POLAS, das Polizeiliche Auskunfts- und Fahndungssystem, war gerade mal vor anderthalb Monaten eingeführt worden. Es beinhaltete im Endeffekt alle wichtigen Daten zu Ermittlungen und polizeilich in Erscheinung getretenen Personen und ersetzte alte EDV-Systeme wie INPOL und PIKAS.
„Das PP Düsseldorf hat in den letzten Jahren ein Ermittlungsverfahren wegen Verstößen gegen das Betäubungsmittelgesetz gegen ihn geführt. Laut Ausländerzentralregister wurde er im Juni 2001 ausgewiesen. Weitere Informationen zu möglichen Angehörigen in Deutschland und seinen Familienverhältnissen konnten wir leider nicht finden."
Obwohl ich immer noch starke Kopfschmerzen hatte, konnte ich mich überwinden, Karl-Heinz eine weitere Frage zu stellen. „Du sagtest, dass er vor zwei Jahren ausgewiesen wurde. Also können wir ja davon ausgehen, dass er sich illegal in Deutschland aufgehalten hat. Habt ihr feststellen können, wo er hier gewohnt hat?"
Aber Karl-Heinz schüttelte den Kopf. „Leider nicht. Die letzte bekannte Anschrift vor seiner Abschiebung war in Düsseldorf. Danach verliert sich seine Spur."
„Und ihr habt bei dem Toten rein gar nichts gefunden?! Noch nicht mal ein Portemonnaie?", hakte ich nach.
„Doch, doch", wiegelte Karl-Heinz ab. „Eine ganz billige Nylon-

Geldbörse mit genau 53,94 Euro in bar. Aber was Ausweis oder EC- beziehungsweise Kreditkarte angeht – Fehlanzeige."
„Nicht gerade viel", sagte ich ein wenig enttäuscht.
„Was ist denn mit dem Zettel, den ihr bei dem Toten gefunden habt?", fragte Dario.
„Guter Einwand. Darauf wollte ich gerade noch hinaus. Auf dem Zettel stand der Name einer türkischen Teestube an der Krefelder Straße, des *Café Trabzon*. Und die Handynummer des Besitzers, eines gewissen Hakan Özbay. Der ist bislang polizeilich noch nicht in Erscheinung getreten. Mehr konnten wir in der Kürze der Zeit leider nicht herausfinden."
„Na, das ist doch schon eine ganze Menge!", wandte ich ein. „Was ist mit den Zeugen?".
Hacki, Sachbearbeiter beim Arbeitsbereich II des KK 12, der für Menschenhandel und Zuhälterei zuständig war, kratzte sich an seinen großen Segelfliegerohren und fuhr sich über die kurze, flachsblonde Stoppelfrisur. „Tja, die haben ja Ralf und ich vernommen. Vollkommen unauffällig. Haben den Toten gefunden, als sie mit ihrem Hund Gassi gegangen sind. Diese Frau Sperber ist leicht aufgedreht, ihr Freund so ein richtiger Schönling. Aber sonst alles völlig normal."
Ich nickte, genauso wie Karl-Heinz. „Trotz allem möchte ich mit denen nochmals persönlich sprechen, um mir ein Bild zu machen."
Karl-Heinz nahm einen Schluck Kaffee.
„Aber – wenn du mir die Frage erlaubst – warum sind wir jetzt überhaupt hier?", fragte ich nach einem Blick auf Dario.
„Ich hab mit Micha geredet. Die MK 2 ermittelt bei diesem Fall in voller Mannstärke, also mit fünf MA[1] plus zwei Kaderkräften. Da Rudi und Arnim ja bedauerlicherweise bis auf Weiteres ausfallen und mir regulär nur noch Thorsten und Marco als Stammbeamte zur Verfügung stehen, fiel die Wahl halt auf euch beide. Schließlich habt ihr ja momentan keinen Urlaub oder Lehrgang. Ging nicht anders."

---
[1] Abk. für Mitarbeiter

Ich nickte. Momentan sah es personell nicht gerade rosig bei uns aus. Unsere Mordkommissionen 1, 4 und 5 waren mit eigenen Ermittlungen vollkommen ausgebucht. Und Theo, der Leiter unserer MK 3, sowie Andríkos, neben mir einer seiner beiden dienstältesten Sachbearbeiter, waren momentan im wohlverdienten Urlaub. Nina, unser Nesthäkchen, sollte am folgenden Montag auf einen Fortbildungslehrgang gehen, fiel also auch aus.

Die MK 1 unter Kriminalhauptkommissar Gerd-Dieter Ritzkowsky hatte als Mordkommission „Balkon" die Ermittlungen in einem dubiosen Fall aufgenommen. Der Bewohner eines Hochhauses im Stadtteil Chorweiler war aus bislang ungeklärter Ursache vom Balkon seiner Sozialwohnung vierzehn Stockwerke tief gestürzt. Einiges deutete darauf hin, dass ein Unbekannter nachgeholfen hatte.

Die Mordkommission 4 unter der Leitung von Kriminalhauptkommissar Wilfried Orthmann ermittelte als MK „Schule" in einem Fall, der die Bevölkerung des Stadtteils Stammheim schockiert hatte: Der Hausmeister einer Grundschule war im Heizungskeller erhängt aufgefunden worden. Die im Rahmen der Obduktion durch die Staatsanwaltschaft angeordnete chemisch-toxikologische Untersuchung hatte ergeben, dass er zuvor mit einem starken Schlafmittel betäubt worden war.

Zu guter Letzt ermittelte die von Kriminalhauptkommissar Bernd Marquardt geleitete Mordkommission 5 gemeinsam mit den Kollegen der Vermisstenstelle des KK 12 und den Beamten der Kreispolizeibehörde Bergheim als Ermittlungskommission „Janine" im medienwirksamen Fall der verschwundenen sechzehnjährigen Schülerin Janine Eßer aus Erftstadt-Lechenich. Sie war nach einem Diskobesuch in Bergheim nicht nach Hause gekommen. In der Nähe der Diskothek fand die mit der groß angelegten Suche beauftragte Hundertschaft ihre Handtasche und ein blutverschmiertes Oberteil. Die DNA-Probe hatte ergeben, dass es sich tatsächlich um das Blut der Verschwundenen handelte. Fortan ging man vom Schlimmsten aus.

Aber dieser Fall sollte bald eine kuriose Wendung nehmen: Anfang Oktober wurde Janine gemeinsam mit ihrem zweiundzwanzigjährigen Freund nach einem Ladendiebstahl in Andalusien festgenommen. Sie hatte ihr Verschwinden und ein Gewaltverbrechen vorgetäuscht, um sich mit ihrem Freund, den ihre strengen Eltern strikt ablehnten, ins Ausland abzusetzen.

Karl-Heinz erhob abermals seine sonore Stimme: „Ich will ganz offen sein, Leute. Wir stehen unter massivem Druck. Unser KK/L[2] Micha hat heute Morgen schon einen Anruf vom Alten bekommen, der wiederum von unserem ZKB/L[3] kontaktiert wurde. Dieser Fall könnte ziemlich hohe Wellen schlagen." Er machte eine bedeutsame Pause. „Wie ihr ja sicher wisst, ist der Dieter, unser Pressestellenleiter, ein sehr engagierter Mann."

Ich nickte. Erster Polizeihauptkommissar Dieter Hesse, ein gutaussehender, durchtrainierter Kollege Ende vierzig, der sich nebenberuflich als Fitnesstrainer verdingte, hatte vor einem Jahr die Leitung der Pressestelle übernommen. Wenn er mit der Pressestellen-Bereitschaft an der Reihe war, wollte er sofort alle erdenklichen Infos haben, die er an die Presse weitergeben konnte, was ihn fast so penetrant wie einige Pressevertreter vom Schlage eines Hannes Lüssem oder einer Gaby Möltgen erscheinen lassen konnte – nur halt um einiges sympathischer ...

„Ich habe ihn über die Eckdaten des Falls informiert, er hatte Bereitschaft. Seitdem wird er ständig von unseren Pressefreunden angerufen und genervt. Die reimen sich da irgendeinen Mist von Drogenkrieg oder Nazimord zusammen. Da wird noch was auf uns zukommen. Nur, damit ihr das im Hinterkopf behaltet."

Aber das bekam ich nur halb mit. Ich musste unentwegt an meine Exfrau denken. Warum musste sie mich derart schamlos verletzen und auf Marcels Party auftauchen? Ich glaubte, ihr diesen Fehltritt niemals verzeihen zu können.

---

[2] Abk. für Kommissariatsleiter

[3] Abk. für Leiter der Unterabteilung „Zentrale Kriminalitätsbekämpfung" (damalige Organisationseinheit der Polizei Köln)

Karl-Heinz riss mich aus meinen Tagträumen. „Tja, Leute, ich würd mal sagen, wir hören uns erst mal ein wenig um, wer unseren Toten wann und wo gesehen hat. Die Düsseldorfer Kollegen können wir morgen in aller Ruhe kontaktieren, um sie nach ihren Ermittlungen gegen Al-Hafez zu fragen. – Marco: Du fährst zur Rechtsmedizin und nimmst an der Obduktion teil, die für zwölf Uhr anberaumt ist. Dort triffst du Doktor Müller. Thorsten, Dario: Ihr fahrt bitte zu diesem *Café Trabzon* und befragt Hakan Özbay. Stellt ihm die üblichen Fragen: Woher er Al-Hafez kannte, in welcher Beziehung er zu dem Toten stand, wann er ihn das letzte Mal gesehen hat und so weiter. Hacki, Ralf: Ihr beide beginnt schon mal mit Befragungen in der Kleingartensiedlung. Vielleicht wurde Al-Hafez da schon mal gesehen. Mit Doktor Müller habe ich diese Vorgehensweise vorab abgestimmt. – Pitter: Wir beide werden nochmal die beiden Zeugen, die den Toten gefunden haben, befragen. Ich möchte mit denen mal persönlich reden. Die sind zwar von Ralf und Hacki vernommen worden, ich möchte mir aber – wie gesagt – selbst einen Eindruck von ihnen verschaffen. Na ja. Danach sollten wir uns ebenfalls ein wenig in der Kleingartensiedlung umhören, wir werden uns dann bei euch melden", sagte er mit einem Blick auf die beiden Kaderkräfte.

Kollege Schütz schaute auf seine Uhr. „So. Am besten machen wir uns direkt auf den Weg."

„Jau!", sagte Thorsten und sprang auf – fast zeitgleich mit Dario, der dem Düsseldoofen nun im Laufschritt zur Tür hinaus folgte.

Karl-Heinz rückte seine Bundfaltenjeans zurecht, zog ein hellgraues Jackett mit dezentem Karomuster über und verließ ebenfalls das Zimmer. Ich folgte ihm, holte aus meinem Waffenfach die P6 und ging mit ihm in die Tiefgarage.

3. Kapitel: Die Klinkenputzer

Wohnung von Ina Sperber und Gerrit Zielinski, Edith-Stein-Str. 1, 51063 Köln-Mülheim („Stegerwaldsiedlung"), Sonntag, 7. September 2003, 11:36 Uhr

Um zwanzig nach elf saßen Karl-Heinz und ich in dem alten silbernen Ford Scorpio und machten uns auf den Weg in die Stegerwaldsiedlung, einem Mülheimer Viertel am Rande des Stadtteils Deutz, in unmittelbarer Nähe der Messe. Vom Präsidium in Kalk brauchten wir keine zehn Minuten in die Nachkriegssiedlung, die aus zumeist viergeschossigen Mehrfamilienhäusern bestand. Ich lenkte den alten Dienstwagen über die mehrspurige Straße. Die strahlende Sonne drang in den Innenraum und brachte mich zum Schwitzen.

Hinter dem neben uns liegenden Messegelände konnte ich für den Bruchteil eines Augenblicks in einiger Entfernung am anderen Rheinufer den Dom ausmachen, der mit seinen majestätischen Türmen über die Stadt zu wachen schien. Dabei befand er sich mit dem „Colonius" genannten Fernsehturm und dem KölnTurm, dem höchsten Kölner Wolkenkratzer im Mediapark, in bester Gesellschaft.

Auch nach fast achtunddreißig Jahren, die ich inzwischen in dieser Stadt lebte, war die Faszination, die sie auf mich ausübte, ungebrochen. Natürlich hatte sich Köln seit meiner Geburt und meiner Kindheit stark verändert. Die Domstadt am Rhein war längst aus ihrem Dornröschenschlaf erwacht. Aus der gemütlichen „Veedelsstadt", in der jeder jeden zu kennen schien, war ein florierender Wirtschafts- und Medienstandort geworden. Hektik und Großstadttrubel dominierten meine Heimatstadt inzwischen genauso wie Berlin, Hamburg, München oder Frankfurt am Main. Trotzdem besaß Köln noch immer einen ganz eigenen, herzlichen Charme, der das Leben hier so lebenswert machte und es vom alltäglichen Dasein in den übrigen deutschen Metropolen wohltuend unterschied.

Außer uns waren nur wenige Sonntagsfahrer auf dem kleinen Zubringer zur Zoobrücke, den wir sofort wieder verließen, unterwegs.

„Du siehst nicht besonders fit aus, Jung", sagte Karl-Heinz und schaute mich besorgt an.

„Ist gestern auch ziemlich spät geworden. Ich war auf 'ner Party von 'nem Freund – in der Schrebergartensiedlung, in der Al-Hafez gefunden wurde! Ich hab Dirk und die anderen Kollegen heute Nacht noch getroffen und dich mit Rudi und Arnim bei der Arbeit beobachtet – ihr habt mich aber nicht gesehen."

Der alternde Hauptkommissar sah mich verwundert an. „Ist doch nicht wahr, oder?!"

„Wenn ich's dir doch sage ..."

„Hättest uns ja zumindest mal begrüßen können!", sagte er und lächelte leicht gequält. „So ein Mist. Mann, Mann, Mann, das tut mir so leid für Arnim und Rudi. So ein Scheißunfall."

Unsere soeben begonnene Konversation ebbte sofort wieder ab. Karl-Heinz gähnte laut. Die nervenaufreibende Bereitschaft hatte ihn sichtlich Kraft gekostet – vor allem, da er mitten in der Nacht einen richtig weiten Weg von seiner kleinen Gemeinde an der Sieg in Kauf nehmen musste, um zum Tatort zu kommen. Dass nun auch zwei seiner Mitarbeiter wegen eines schweren Verkehrsunfalls ausfielen, machte ihm sehr zu schaffen ...

Ich konzentrierte mich auf den Sprechfunkverkehr, der aus der knackend-rauschenden Anlage ertönte, und konnte vernehmen, dass die Kollegen der Polizeiinspektion 7 zu einem „VU mit", einem „Verkehrsunfall mit Verletzten", nach Porz-Urbach gerufen wurden.

„Nicht schon wieder!", murmelte Karl-Heinz unüberhörbar schockiert.

Unbeirrt setzten Karl-Heinz und ich unseren Weg fort. Wir hielten vor einer der unzähligen Mietskasernen der Stegerwaldsiedlung, die sich fast wie ein Ei dem anderen glichen. Laut Verneh-

mungsniederschrift unserer Kollegen der K-Wache bewohnten Ina Sperber und Gerrit Zielinski das vor uns liegende Haus. Die sonntägliche Ruhe wurde nur durch das Zwitschern der Vögel und eine Horde kleiner Jungen, die mitten auf der Straße Fußball spielten, unterbrochen.
Karl-Heinz, der seine alte Aktentasche unter dem Arm eingeklemmt hatte, und ich stiegen aus der alten Karre und klingelten an der Haustür.
Nach einigen Sekunden meldete sich eine verschlafene Frauenstimme am anderen Ende der Leitung. „Ja?!"
„Frau Sperber?!"
„Was ist denn?"
„Schütz, Kripo Köln. Mein Kollege und ich haben noch einige Fragen an Sie."
„Okay! Zweiter Stock!" Der Summer ertönte, Karl-Heinz und ich betraten den angenehm kühlen Hausflur. In meinem angeschlagenen Zustand kostete es mich einige Mühe, die Stufen des Treppenhauses zu erklimmen.
Als wir im zweiten Stock angekommen waren, erwartete uns ein seltsam aufgetakelter Paradiesvogel. Die dunkelhaarige Frau Ende zwanzig hatte ihre lange kastanienrote Mähne zu einem Pferdeschwanz gebunden und einen auffälligen dunklen Lippenstift aufgetragen. Ihre großen Kuhaugen waren mit türkisfarbenem Lidschatten umrandet. Anscheinend hatte sie einen grässlichen Make-up-Geschmack. Das merkwürdige Äußere von Ina Sperber wurde durch ihr lilafarbenes Oberteil, die knallpinke Trainingshose und die rosafarbenen Pantoffeln abgerundet. Selbst der hübsche Border Collie, der neben ihr stand, schien sich abwenden zu wollen. Diese Person wirkte alles andere als anziehend. Trotzdem bemühte ich mich, so freundlich wie möglich zu sein.
„Frau Sperber?"
„Ja", antwortete unser Gegenüber und lächelte uns fragend an.
Wie einem Kurzsichtigen hielt Karl-Heinz der Frau seinen Dienstausweis unter die Nase. Dabei streichelte er den schwarz-weißen

Collie, der sich vor seine Füße gelegt hatte und ihn bettelnd anschaute. „Schütz, Kripo Köln. Das ist mein Kollege Merzenich." Ich nickte wortlos und kramte aus der Brusttasche meiner Jeansjacke meinen abgegriffenen Dienstausweis hervor.

„Guten Morgen, die Herren." Ina Sperber führte uns in ihre Genossenschaftswohnung, die von allen erdenklichen Lila- und Rosa-Farbtönen beherrscht wurde. Zusammen mit ihrem Hund geleitete sie uns auf den kleinen Balkon, auf dem ein braungebrannter Schönling mit stylischer blonder Gel-Frisur, der nur mit Boxershorts bekleidet war, saß. Nachdem sich der Border Collie geräuschlos neben den Plastikstuhl gelegt hatte, erhob sich der Mann mit dem Waschbrettbauch und strahlte uns mit perlweißem Gebiss an. Dieser Typ hätte glatt Werbung für eine Zahnpastamarke machen können.

Ina Sperber stellte ihn uns als ihren Lebensgefährten Gerrit Zielinski vor und bat uns an den kleinen Balkontisch, auf dem noch die Reste eines gemütlichen Sonntagsfrühstücks standen. „Möchten Sie einen Kaffee?" Doch wir beide verneinten.

Karl-Heinz öffnete seine alte Aktentasche und holte das Vernehmungsprotokoll heraus, das er kurz überflog, während er zurückhaltend gähnte. „Sie haben den Toten heute Nacht gefunden. Könnten Sie uns nochmal kurz schildern, wie es dazu gekommen ist?"

Zielinski sah seine Freundin kurz an und antwortete dann: „Na, das haben wir doch Ihren Kollegen schon erzählt. Wir sind mit unserem Hund," – Gerrit Zielinski deutete mit einem Kopfnicken auf das brave Tier zu seinen Füßen – „am Bahndamm Gassi gegangen. Und das war's eigentlich schon."

„Haben Sie den Mann hier in der Nähe schon mal gesehen?", wollte ich wissen, während Karl-Heinz ihnen ein Porträtbild des Toten zeigte, das sie genau betrachteten.

„Also so sah der aus. Ich habe heute Nacht ja nur seinen Rücken und Hinterkopf gesehen. Nein, mir ist der völlig unbekannt", sagte Frau Sperber. „Aber wir sind auch nicht allzu oft zuhause.

Gerrit ist Filialleiter eines Supermarktes in Leverkusen und ich arbeite bei der Stadtsparkasse. Nach Dienstschluss studiere ich nebenher noch BWL. Also, ich glaube, wir sind die Letzten, die darüber etwas wissen könnten." Ina Sperber griff nach der Hand ihres Freundes und sah ihn schmachtend an. Auch er betrachtete jetzt das Foto und schüttelte den Kopf. Aus der Stereoanlage im Inneren der Wohnung ertönte „Bounce" von Sarah Connor.
„Gut. Ist Ihnen am Tatort neben dem Toten noch etwas Außergewöhnliches aufgefallen? Auffällige Personen oder Gegenstände vielleicht?"
Zielinski sah seine Freundin fragend an und schüttelte den Kopf. „Überhaupt nicht. Da war alles total ruhig. Nur irgendwo in der Gartensiedlung war 'ne Party. Da waren laute Stimmen. Das war alles."
Karl-Heinz lächelte mich kurz an und zwinkerte mir zu.
„Aber das war alles schon spannend genug. Der Anblick des Toten – schrecklich! Ich kenne so was doch nur aus dem Fernsehen!"
Ohne auf Frau Sperbers naiven Einwurf zu antworten, sagte Karl-Heinz: „Ja, gut. Im Prinzip war's das." Mein momentaner MK-Leiter erhob sich. „Dann wollen wir Sie mal nicht länger stören. Vielen Dank und schönen Sonntag noch!"
Kollege Schütz und ich verließen das in die Jahre gekommene Miethaus.

„Komisches Pärchen, was, Pitter?!"
„Tja. Bis auf Mode und Styling scheint die beiden nicht allzu viel zu interessieren. Was machen wir jetzt?"
„Ich würd sagen, wir gehen rüber in die Kleingartensiedlung und befragen dort die Leute." Ich nickte und hoffte insgeheim, dass Marcel und Erich in ihrem Garten wären. Je länger ich über meinen Ausraster vom Vortag nachdachte, umso peinlicher war er mir. Ich wollte mich bei meinen beiden Freunden unbedingt entschuldigen.
Karl-Heinz ging zu unserem Dienstwagen und nahm einen Schluck aus der Wasserflasche, die er mitgenommen hatte. „Ist

viel zu warm heute, Jung", sagte er und zupfte an seinem himmelblauen Sommerhemd, um sich Luft zuzufächern.
„Hast recht", sagte ich und wischte mir den Schweiß von der Stirn. Blöderweise hatten wir unsere Dienstwaffen mitgenommen, sodass wir leider auf diese idiotische „verdeckte Trageweise" der Einsatzmittel, die von jedem Beamten in Zivilkleidung gefordert wurde, Rücksicht nehmen mussten und unsere Jacken nicht ablegen konnten.
Karl-Heinz informierte per Handy Hacki und Ralf, die ohnehin mit der Befragung im nördlichen, größeren Teil der Gartenkolonie begonnen hatten.
Kollege Schütz und ich beschlossen, den Weg zur Schrebergartensiedlung, die fast nur einen Steinwurf entfernt lag, zu Fuß zurückzulegen.
Wir mussten nur den breiten Pfälzischen Ring überqueren und standen vor dem Eingang der Gartenkolonie. Hinter uns rauschte eine Straßenbahn über die Hauptverkehrsstraße, die nach Mülheim führte.
„Vielleicht ist mein Freund heute da, auf dessen Party ich gestern war. Der und sein Vater kennen hier jeden. Ich schlage vor, dass wir die beiden als Erste aufsuchen."
„Hm, guter Vorschlag. Geh vor! Du kennst dich hier wahrscheinlich besser aus."

Ich öffnete das Tor des Haupteingangs. Vor uns lag ein schmaler Weg, der von hohen Hecken begrenzt wurde. Wie auf einem endlos langen Flur flankierten etliche meist schmiedeeiserne oder hölzerne Tore, die zu den Parzellen führten, den Pfad. Für jemanden, der sich hier nicht auskannte, war diese Anlage ein richtiges Labyrinth. In der Luft lag der Geruch von Grillfleisch und der Duft blühender Rosen.
Karl-Heinz' Handy klingelte. Es war Thorsten.
„Ja ... Nicht angetroffen?! ... Auch nicht auf dem Handy erreicht?! ... Ja, gut, dann müssen wir das später nochmal versuchen. ... Ihr könntet uns hier bei der Befragung vielleicht noch unterstützen

– meldet euch bei Hacki und Ralf, die kümmern sich um den größeren Teil der Anlage! Bis später!"
Karl-Heinz beendete das Telefonat und sah mich skeptisch an. „Hm. Dario und Thorsten haben diesen Özbay nicht erreicht. Und das Café war auch geschlossen."
Wir gingen weiter. Unzählige Vögel gaben ein kostenloses Gesangskonzert. Nur ein über den Bahndamm fahrender Zug und ein Passagierjet, der die Landeklappen bereits ausgefahren hatte und über unsere Köpfe hinwegdüste, störten dieses friedliche Idyll, das ich seit meinen Kindheitstagen kannte und liebte. Selbst der Autoverkehr auf dem Zubringer, den ich am Vortag als so nervend empfunden hatte, hatte sich auf ein erträgliches Maß reduziert und war nur als ein stetiges, leises Rauschen zu vernehmen.
Aus mehreren Radios ertönten die unterschiedlichsten Musikrichtungen. Von Volksmusik über Schlager, Rock und Hip-Hop war für jeden Geschmack etwas dabei. Schade war nur, dass man niemanden sah. Auf Grund der mannshohen Hecken konnte man die Parzellen nicht einsehen. Während unseres fast fünfminütigen Fußmarsches durch den Irrgarten kamen uns nur eine ältere Frau auf einem klapprigen Fahrrad und ein paar Kinder entgegen, die Fangen spielten.

Vor dem Tor zu Marcels und Erichs Parzelle blieb ich stehen. „Da wären wir!"
Wir schienen Glück zu haben. Von der anderen Seite des Tores hörte ich klirrende Gläser. Vorsichtig drückte ich die Türklinke herunter und öffnete das Tor. Vor mir sah ich Diana und Marcel, die Gläser und Geschirr in einen Korb räumten.
„Hallo, ihr beiden", sagte ich. Während mich Diana anlächelte und im Inneren des großen Gartenhauses verschwand, sah mich mein bester Freund feindselig an. „Hallo Pitter. Was willst du?"
Ich blickte kurz in Karl-Heinz' Richtung und ging zu meinem Freund. „Also es – es tut mir leid wegen gestern Abend. Als – also

als Maria aufgetaucht ist und auch noch so von ihrem Neuen geschwärmt hat, sind mit mir einfach die Pferde durchgegangen. Ich weiß selbst, dass ich Scheiße gebaut habe, Mann. Und das alles wegen dieser blöden Zicke!"
Marcel sah mich versöhnlich an und klopfte mir auf die Schulter. „Schon gut, Jung. Aber Maria ist an der ganzen Sache nicht schuld. Ihr seid jetzt fast zweieinhalb Jahre geschieden. Sie hat ein Recht auf ihr eigenes Leben. Du solltest deine Einstellung mal überdenken. Irgendwann wirst du auch wieder 'ne andere Frau kennenlernen – und dann sieht die ganze Sache anders aus. So, und jetzt will ich über den Kram von gestern nicht mehr reden! Dafür sind wir viel zu lange befreundet, oder?"
Wir umarmten uns herzlich und lachten.
„Habt ihr beiden Streithähne euch wieder vertragen?" Diana kam mit einem Besen in der Hand aus der Laube und schloss mich ebenfalls in die Arme. „Du bist aber auch ein alter Hitzkopf. Da ist mein Marcel ja harmlos gegen!"
„Was soll das denn heißen?", fragte ihr Mann und küsste sie.

Über unsere Versöhnungszeremonie hatte ich fast den Grund unseres Besuches vergessen – und meinen lieben Kollegen Karl-Heinz Schütz, der wie ein begossener Pudel im Torrahmen stand.
„Ist das ein Kollege von dir?", fragte Marcel und deutete auf Karl-Heinz.
„Oh, 'tschuldigung, klar." Ich bedeutete meinem Kollegen mit einer Handbewegung, sich zu uns zu gesellen. „Darf ich vorstellen? Das ist mein Kollege Karl-Heinz Schütz. Das ist mein bester Freund Marcel Koslowski – und seine Frau Diana."
„Ach, Marcel, du bist's. Ich hab dich ja gar nicht erkannt."
Marcel klopfte Karl-Heinz auf die Schulter. „Geht mir genauso. Hast dich auch ziemlich verändert."
„Du willst doch wohl nicht etwa sagen, dass ich alt geworden bin, oder?!" Karl-Heinz und Marcel lachten.

„Ihr kennt euch?", fragte ich verdutzt.
„Na klar. Karl-Heinz und Erich sind doch alte Bekannte. Weißt du doch."
Zu meiner Schande musste ich gestehen, dass ich daran überhaupt nicht mehr gedacht hatte. Manchmal war ich besorgniserregend vergesslich.
„Was macht der alte Erich denn? Ich hab ja schon lange nicht mehr mit ihm gesprochen."
„Also, heute ist er mit seinem Kegelclub auf 'ner Weintour an der Ahr. Der wollte dich auch schon die ganze Zeit anrufen. Aber du kennst ihn ja – ist immer im Stress."
Karl-Heinz nickte.
Mit Erichs Ausflug an die Ahr hatte sich seine Befragung für diesen Tag wohl erledigt.
„Was können wir denn für euch tun?"
„Ihr habt doch sicher mitbekommen, dass hinten am Bahndamm heute Nacht ein Toter gefunden worden ist?"
„Ja klar. Das hat sich rumgesprochen wie ein Lauffeuer. Und außerdem war der Lärm ja nicht zu überhören."
Karl-Heinz holte ein Porträtfoto des Opfers aus seiner Aktentasche heraus. „Das ist der Tote. Habt ihr ihn schon mal hier gesehen?"
Marcel und seine Frau schauten sich das Bild des Libanesen genau an. Aber Marcel verzog den Mund zu einer Schnute und schüttelte den Kopf. „Nein, tut mir leid. Ich hab den noch nie gesehen. Du, Diana?"
„Nein. Der ist mir völlig unbekannt."
„Aber ehrlich gesagt waren wir in letzter Zeit auch nicht mehr allzu oft hier. Meistens hat der Erich hier Besuch von Hartmut und Brigitte. Die könnten den schon eher gesehen haben als wir."
„Sind die beiden denn heute zuhause?"
„Nein, die sind mit Erich auf der Vereinstour. Aber fragt doch mal den Mottek, das ist der Vorsitzende vom Kleingartenverein. Der hängt hier öfter rum und kennt jeden. Wenn einer was weiß,

dann der. Oder Frau Kriegsdorf und ihr Sohn. Das sind auch zwei Urgesteine, die sich hier wie in ihrer Westentasche auskennen. Versucht bei denen mal euer Glück. Ich schreib euch auf, wo ihr deren Parzellen findet."

Marcel kritzelte ein paar Zahlen und Buchstaben auf einen kleinen Zettel. Wir verabschiedeten uns von dem fleißigen Pärchen, das die letzten Spuren der ausgelassenen Party vom Vorabend beseitigte, und setzten unseren Weg durch die Laubenkolonie fort. Glücklicherweise befanden sich sowohl Motteks als auch die Parzelle von Frau Kriegsdorf und ihrem Sohn ebenfalls in diesem kleineren südlichen Teil der riesigen Anlage, die durch die Karlsruher Straße in zwei Hälften geteilt wurde und sich entlang des Buchforster Bahndamms bis hinauf zur Wittener Straße erstreckte.

„Hättest mir ja ruhig sagen können, dass wir die Koslowskis besuchen."

„Hab doch nicht mehr dran gedacht, dass du die kennst, Karl-Heinz."

Mein Kollege schüttelte den Kopf und lachte.

Kurze Zeit später standen wir vor einem schmiedeeisernen Tor, neben dem ein Schild mit der Aufschrift *Kleingartenverein „Am Buchforster Bahndamm e.V." – Markus Mottek – 1. Vorsitzender* angebracht war. Von der anderen Seite stieg der Geruch von Grillfleisch auf. Ich konnte das Lied „Camouflage" von Stan Ridgway vernehmen. Eine imposante Männerstimme lachte viel zu laut. „Mensch, Mike, ist ja 'ne super Sache! Freut mich, wenn du bei mir einsteigst, Alter!"

Ich stieß die Tür auf und sah mich zwei Männern gegenüber, die man im Volksmund gut und gerne als „Kanten" bezeichnen würde. Sie hatten es sich vor dem kleinen Gartenhäuschen, das mit Erichs „Laubenvilla" längst nicht konkurrieren konnte, auf zwei Liegestühlen gemütlich gemacht. Neben ihnen standen eine Kiste Pils und ein kleiner Holzkohlegrill, auf dem mehrere Steaks brie-

ten. Beim Anblick des duftenden Fleisches bekam ich Hunger.
Die gesamte Parzelle wirkte aufgeräumt und ordentlich. Mitten auf dem kurzgestutzten Rasen war ein kleines Kiesbett, aus dem ein Fahnenmast ragte. Im lauen Wind wehten die Deutschlandflagge und eine etwas kleinere Schalke-04-Flagge. In der äußersten Ecke des Gartens konnte ich ein großes Blumenbeet mit einer Vielzahl altrosafarbener Rosen entdecken.
Schweiß lief mir den Rücken herab. Es war verdammt heiß.
Einer der beiden Männer, ein kahlköpfiger, braungebrannter Mann mit Oberlippen-Kinn-Bart und Stiernacken, erhob sich. Neben dem Muskelshirt mit Tarnmuster, das seine muskulösen Oberarme eindrucksvoll zur Geltung brachte, war er mit olivgrünen Shorts und Badelatschen bekleidet. Auf Grund seiner geringen Körpergröße wirkte er wie ein kleiner kräftiger Bullterrier. Er kam breitbeinig auf uns zu, wobei er jedoch stark humpelte. Dabei hatte er die Arme so weit von seinem Körper abgewinkelt, als habe er Rasierklingen unter seinen Achseln.
Mit durchdringendem Blick sah er uns aus seinen stahlblauen Augen an und nahm einen Schluck aus seiner Pilsflasche.
„Tach, die Herren. Was kann ich für Sie tun?", schrie er uns im Tonfall eines Kasernenfeldwebels regelrecht entgegen.
Karl-Heinz holte aus der Innentasche seines Jacketts den Dienstausweis heraus. „Schütz, Kripo Köln. Das ist mein Kollege Merzenich."
„Mottek, Tach." Er deutete mit seinem Kopf in die Richtung des kräftigen Zwei-Meter-Mannes Anfang dreißig, der mit ihm vor dem Grill gesessen hatte und uns nun mit entschlossenem Blick musterte. „Das ist mein Kumpel Mike Spich. Mike, komm mal rüber und begrüß die Herren von der Polizei."
Abrupt sprang Motteks Kumpel Mike aus seinem Liegestuhl auf und kam zu unserer kleinen Gruppe. „Guten Tag, Kollegen."
Spich, der den unmodischen lindgrünen Hemdblouson eines Justizbeamten und eine schwarze Jeans trug, reichte uns die Hand.
„Ich bin Vollzugsbeamter in der JVA in Ossendorf."

Unter seinem weit aufgeknöpften Diensthemd funkelte eine goldene Halskette mit einem wuchtigen Kreuz.

„Also: Was gibt's?", wollte der Gartenvereinsvorsitzende, der vielleicht ein wenig älter war als ich, in scharfem Ton wissen.

Karl-Heinz kramte erneut das Porträt des Libanesen aus seiner Aktentasche hervor. „Wie Sie vielleicht mitbekommen haben, wurde heute Nacht in nächster Nähe Ihrer Gartenanlage ein Toter gefunden."

„Ja klar! Das hab ich eben im Radio gehört. Schlimme Sache."

„Haben Sie diesen Mann schon einmal gesehen?", fragte Karl-Heinz, ohne auf Motteks Bemerkung weiter einzugehen, und zeigte den beiden Männern Al-Hafez' Foto.

„Nein. Ich kenn den nicht. Also, wenn der sich hier herumgetrieben hätte, wüsste ich das."

„Ich kenn den auch nicht", sagte der Schließer aus dem Klingelpütz und schaute auf die Uhr. 12.43 Uhr. „So, wenn Sie nichts dagegen haben, werde ich mich jetzt auf den Weg nach Hause machen. Die Nachtschicht war hart genug. Wir hatten 'nen Selbstmordversuch auf der Abteilung. So 'n blöder Junkie hat gemeint, sich die Pulsadern aufschneiden zu müssen, weil er keinen Hafturlaub gekriegt hat. Blödes Arschloch! Und der Frühschoppen mit dem Markus hier hat sein Übriges getan. Ich bin ziemlich am Arsch. Werd jetzt noch in meiner eigenen Parzelle nach dem Rechten sehen und dann geh ich heim. Machen Sie's gut! Und viel Spaß noch bei der Mörderjagd!"

Mike Spich verließ die Parzelle. „Na toll. Jetzt hab ich so viel gegrillt. Essen Sie was mit?", wollte Markus Mottek von uns wissen.

„Warum eigentlich nicht?!", sagte Karl-Heinz und sah mich kurz an. Mein MK-Leiter Theo hätte so etwas niemals zugelassen, da er Angst gehabt hätte, sich der Vorteilsnahme im Amt schuldig zu machen. Aber Karl-Heinz gehörte zur alten Generation Polizisten, die in dieser Beziehung um einiges lockerer drauf war und deshalb mit den Bürgern besser klarkam. So folgten wir dem

humpelnden Vereinsvorsitzenden zum Grill. „Stühle sind im Haus. Wenn Sie die eben selbst holen könnten ...?"
Über Karl-Heinz' Vorgehen immer noch verwundert, holte ich für meinen momentanen MK-Leiter und mich zwei Klappstühle aus dem Inneren der Laube, an deren Wand viele Urkunden und Fotos, auf denen Bundeswehrsoldaten im Kampfanzug abgebildet waren, hingen.
„Sie sind bei der Bundeswehr?", wollte ich von Mottek wissen, da eine der Urkunden seine Beförderung zum Hauptmann beinhaltete.
„Ich war. Bis vor fünf Jahren." Mottek, der uns jeweils einen Teller mit einem Steak reichte, schlug sich mit der flachen Hand gegen das steife linke Bein. „Bosnien, Juli 98. Da war's mit meiner Karriere bei den Fallschirmjägern auf einen Schlag vorbei."
„Sind Sie im Kampfeinsatz verletzt worden?", fragte Karl-Heinz und mampfte sein Steak.
„So kann man's sagen. Ich war mit diesem bekloppten Gefreiten Müller auf Patrouille im Bergland von Sarajewo unterwegs – und dieser Idiot kommt mit unserem ‚Wolf' von der Straße ab. Zwanzig Meter sind wir mit dem Geländewagen den Hang hinuntergerollt und haben uns mehrfach überschlagen. Der Müller ist mit ein paar Schrammen davongekommen – mein Bein ist für immer im Arsch."
„Was machen Sie jetzt?"
„Ach, wissen Sie, jetzt arbeite ich als Handelsvertreter für Bürogeräte. Faxe, Kopierer, Drucker und der ganze Kram. Komm ganz schön rum, kann manchmal auch ein wenig stressig werden. Aber körperlich schuften kann ich mit dem kaputten Bein nicht mehr. Außerdem kassier ich noch 'ne Invalidenrente vom Bund. Aber ich will mich jetzt selbstständig machen – 'ne eigene Securityfirma. Über vier Jahre Klinkenputzen sind einfach genug. Ich muss wieder was Richtiges tun. Dieser Scheiß füllt mich nicht mehr aus. Der Mike hat mir eben zugesagt, dass er mitmacht. Ich hätte mir ja im Leben nicht träumen lassen, dass ich mit meinen vierzig Jahren nochmal 'ne eigene Firma gründe!"

Ich musterte Herrn Mottek von oben bis unten. Der Beruf des Vertreters passte nun wirklich so gut zu ihm wie Opernmusik zu den Toten Hosen ...

„Aber Papa, du denkst doch dran, dass ich dann auch bei dir miteinsteige, oder?!"
Ein schlaksiger junger Mann Anfang zwanzig mit einer schwarzen Jeans und einem knallroten Polohemd, auf dem das Logo des Kraftstoffkonzerns ESSO aufgenäht war, hatte den Garten betreten. Er war etwa einsneunzig groß und hatte schwarze Haare, die durch den übermäßigen Einsatz von Haargel stark an die Zackenkrone der Freiheitsstatue erinnerten. Seine Schultern hingen schlaff herab, er ging nach vorn gebeugt auf uns zu. Der tumbe Eindruck, den er vermittelte, wurde durch seinen schlurfenden Gang noch verstärkt.
Körperspannung schien im Vokabular des Mannes nicht vorzukommen. Fragend blickte er Mottek mit offenem Mund an.
Mottek sprang auf. „Sascha: Wie oft soll ich dir denn noch sagen, dass du mich nicht ‚Papa' nennen sollst? Nur, weil ich mit deiner Mutter zusammengelebt habe, seitdem du ein kleines Kind warst, bist du noch lange nicht mein Sohn! Dein ‚Papa' hat sich vor über zwanzig Jahren aus dem Staub gemacht, dieses Arschloch!"
Obwohl ich Mottek bislang sehr sympathisch fand, konnte ich nicht nachvollziehen, warum er dermaßen gereizt auf diesen mitleiderregenden Sascha reagierte.
„Aber Papa, ich ..."
„Sei still! Und außerdem bist du gestern wieder durch mein Rosenbeet getrampelt. Weißt du eigentlich, was mich die Züchtung dieser ‚Bacchante' gekostet hat? Du bist so ein Depp – wirklich!"
Sascha, der offenbar der Sohn von Motteks Lebensgefährtin war, schaute beschämt zu Boden. „Entschuldige bitte. Das hab ich nicht extra gemacht!"
„Das sagst du jedes Mal! Einen größeren Idioten als dich hab

ich noch nie gesehen! Und warum bist du jetzt überhaupt hier? Du solltest doch eigentlich an der Tankstelle sein! Ich frag mich langsam, warum ich dich in meine neue Firma einstellen sollte, so faul, wie du bist!"
„A-a-aber ich wollte dich doch nur hier besuchen und vielleicht eine Kleinigkeit essen. Und außerdem hat der Frank mir für den Rest des Tages freigegeben. Heute war gar nix los!"
Mottek schüttelte den Kopf und reichte Sascha einen Teller mit einem Steak. „Na gut, Junge, dann iss schon."
Erst jetzt schien uns Sascha zu bemerken. „Wer sind Sie?"
„Das sind zwei Herren von der Kripo Köln", antwortete Mottek für uns. Der 1. Vorsitzende klopfte Sascha unsanft auf die Schulter. „Das ist der Sohn meiner verstorbenen Lebensgefährtin – Sascha Weinert."
Weinerts Augen funkelten. „Polizei?! Echt?! Ist ja spannend!"
„Heute Nacht ist hier am Bahndamm jemand getötet worden. Haben Sie den Toten vielleicht schon mal gesehen?", fragte ich und hielt Sascha das Bild des Toten unter die Nase.
Zunächst wich der Junge etwas erschrocken zurück. Dann lächelte er uns an. „Nein, ich kenne den nicht. Tut mir leid."
„Wenn du fertig bist, kannst du mir gleich beim Spülen helfen!"
„Natürlich, Papa!" Mottek sah seinen Stiefsohn feindselig an.
Karl-Heinz und ich standen auf und verabschiedeten uns von dem seltsamen Gespann.

Auf dem Weg zu unserem nächsten Zielort sprach ich Schütz an: „Scheint so, als würden wir heute nur komische Leute kennenlernen, oder, Karl-Heinz?!"
„Wem sagst du das. Dieser Mottek scheint ja ein ganz netter Kerl zu sein – aber wie der mit dem Jungen umspringt ..."
„Ist dir auch aufgefallen, wie seltsam der Junge reagiert hat, als wir ihm das Bild gezeigt haben? Der ist ganz kurz zurückgewichen."
Aber mein Vorgesetzter zuckte mit den Schultern. „Ich glaube

nicht, dass das bei dem was zu bedeuten hat. Der Junge ist einfach verschüchtert und naiv."

***

Als wir um zehn nach zwei an dem windschiefen Tor mit dem Blechschild *Zutritt strengstens untersagt!* klopfen wollten, erhielt Karl-Heinz einen Anruf. „Ja ... Schon fertig?! ... Schädelbruch, aha ... ja, den Rest können wir später besprechen ... Ja, dann komm auch hier hin und unterstütze uns bei den Befragungen. Meld dich bei Thorsten ... Ja, tschüss!"
„Wer war das? Marco?"
„Hm. Die Obduktion ist schon abgeschlossen. Da haben sich der Fettsack und Doktor Büxel wieder mal selbst übertroffen. Mach du jetzt bitte mal die Ansprache. Ich bin so was von satt gegessen, kann mich kaum noch bewegen", sagte Karl-Heinz und rieb sich den Bauch.
Ich klopfte an das Gartentor. Jenseits des Portals rief eine zittrige weibliche Stimme: „Ewald-Rüdiger! Da ist jemand. Schau mal bitte nach!"
„Natürlich, Mutti!"
Ich hörte, wie ein Vorhängeschloss geöffnet wurde. Das hölzerne Portal schwang knarrend auf. Im nächsten Augenblick stand ein hagerer Mann Mitte oder Ende fünfzig mit einer Hornbrille, die noch aus den Sechzigerjahren zu stammen schien und dicke, riesige Gläser hatte, schwarzgraumelierten Haaren, einem verwaschenen karierten Holzfällerhemd und einer mit Erde beschmutzten Cordhose vor uns. Er schaute uns mit offenem Mund an und kniff die Augen zusammen, um uns überhaupt sehen zu können. „Ja?", fragte er.
„Merzenich, Kripo Köln. Das ist mein Kollege Schütz. Sind Sie Herr Kriegsdorf?"
Der ungepflegte Mann nickte kurz und riss mir den Polizei-Dienstausweis, der zwischenzeitlich wahrscheinlich schon längst abgelaufen war, mit seinen dreckigen Fingern aus der Hand. Nor-

malerweise ließ ich es nicht zu, dass mir jemand den Ausweis abnahm. Aber dank meines „Exzesses" in der Vornacht war ich an jenem Tag einfach zu langsam, um es zu verhindern.
Mit Akribie überprüfte Kriegsdorf die Angaben meines Ausweises und verglich das Passfoto mit mir. „Das sollen SIE sein?! Der Mann auf der Fotografie hat doch viel längere Haare und auch gar keinen Bart."
„Ist ja auch schon fast zehn Jahre her", antwortete ich leicht genervt und fuhr mir durch die kurze Stoppelfrisur. So wäre ich als Mann Mitte zwanzig seinerzeit wahrscheinlich nie rumgelaufen. Damals hatte ich noch richtig lange Haare, die fast bis zu den Schultern reichten und meinen Vorgesetzten immer wieder Anlass zu Meckereien gaben. Hartmut hatte mich oft gebeten, mir die Haare zu schneiden, da meine Vokuhila nicht zu einem Beamten in Uniform passen würde. Aber diese Einwände nahm ich nie für voll. In dieser Beziehung hatte ich mir noch von niemandem etwas sagen lassen.

Kriegsdorf schien keine Anstalten zu machen, uns hereinzulassen. Er schaute immer noch wie besessen auf meinen Ausweis.
„Sind Sie jetzt vielleicht zufrieden?!", fragte ich ungehalten und zog meine kleine Dienstmarke an der Kette aus der Hosentasche. Aber Kriegsdorf schüttelte den Kopf. „Die sieht ja aus wie nachgemacht. Also, das überzeugt mich ja noch weniger!"
„Sie können meinem Kollegen ruhig glauben", sagte Karl-Heinz genervt und zeigte ihm auch seinen Dienstausweis, den der skeptische Mann genauso sorgfältig überprüfte. „Ja, dieser Mann sieht aus wie Sie", sagte er nach einem letzten prüfenden Blick auf den nagelneuen Plastikausweis meines Kollegen im Scheckkartenformat. Langsam müsste ich mir wohl auch mal so eine neue PolizeiCard besorgen. Mit dem alten grünen Lappen nahm mir keiner mehr ab, dass auch ich zur „Schmiere" gehörte.
Karl-Heinz' Auftritt hatte Herrn Kriegsdorf überzeugt. Er bat uns in den ungepflegten Garten, der dem äußeren Erscheinungs-

bild des Mannes alle zweifelhafte Ehre machte. Überall Unkraut und Laub. Nicht eine blühende Blume war hier zu finden. Die hölzerne Gartenlaube war windschief. Diese Parzelle konnte man mit einem Wort beschreiben: trostlos.
An einem verwitterten Holztisch vor dem Häuschen saß eine dickliche alte Frau mit kurzen weißen Haaren im geblümten Kittelschürzenkleid. Sie schlürfte eine Tasse Kaffee. Vor ihr stand ein Teller mit einem Stück Kirschtorte. Kriegsdorfs Mutter sah uns durch ihre dicke Brille genauso skeptisch an wie zuvor ihr Sohn.
„Ewald-Rüdiger! Wer ist das?"
„Zwei Herren von der Kriminalpolizei, Mutti!"
„Polizei?! Was wollen die?", fragte sie mürrisch. Wir gingen zu der alten Frau und reichten ihr das Bild des Toten. „Dieser Mann ist heute Nacht hier am Bahndamm getötet aufgefunden worden. Haben Sie ihn schon einmal gesehen?"
Frau Kriegsdorf strengte sich an, überhaupt irgendetwas auf dem Bild zu erkennen. „Ewald-Rüdiger, ist das nicht dieser Türke, der hier schon öfters vor der Anlage herumgelungert hat?"
Ewald-Rüdiger trat neben seine Mutter und betrachtete das Bild des toten Faruk.
„Du hast recht, Mutti. Das ist der Kerl!"
Karl-Heinz und ich tauschten einen verwirrten Blick aus. Ich griff nach meinem Notizblock. „Könnten Sie uns das mal näher erklären?"
„Na, dieser Ausländer hat sich in den letzten Wochen hier mehrmals rumgetrieben."
„Wo?"
„Vor der Anlage, am Pfälzischen Ring. Dauernd stand der vor dem Haupttor. Als hätte der auf irgendjemanden gewartet. Ich hab mir das nicht allzu lange angesehen. Schließlich hat meine Mutti Angst vor diesen ganzen Ausländern. Man hört ja auch so viel. Erst letztens ist eine Nachbarin von uns aus der Slabystraße vor der Bank überfallen worden. Die wollte nur ihre Rente abholen! Also hab ich ihn angesprochen und ihn gefragt, was

er hier suche. Wissen Sie, was der zu mir gesagt hat? ‚Geht dich 'nen Scheiß an, Opa!' Das müssen Sie sich mal vorstellen! Diese ganzen Wüstensöhne! Wenn's nach mir ginge, würde ich die alle zum Teufel jagen! Schweine!" Kriegsdorf schien sich regelrecht in Rage zu reden. Sein Kopf lief rot an, seine Augen traten weit aus den Höhlen.

„Jetzt beruhigen Sie sich mal wieder, Herr Kriegsdorf! Kriminelle Energie ist keine Frage der Nationalität!", warf ich etwas angesäuert ein. Ich hasste diese ewige Diskussion um kriminelle Ausländer. Es gab auch genügend Deutsche, die sich nicht benehmen konnten. Verbrecher ist Verbrecher – egal, woher er stammt.

Aber unser Gegenüber schien das nicht im Geringsten zu interessieren. „Erzählen Sie mir doch nichts! Diese ganzen Schweine! Mit dem Knüppel sollte man draufschlagen! Arme alte Leute wie die Mutti erschrecken! Das können sie! Bastarde!"

Es sah aus, als sei Kriegsdorf einem hassbedingten Herzinfarkt nahe. „Herr Kriegsdorf, jetzt machen Sie mal halblang. Sagen Sie uns lieber, ob sich der Tote hier mit jemanden getroffen hat oder ob ein Begleiter bei ihm war."

„Nein!", schnauzte Kriegsdorf mich an. „Dieses Arschloch war allein! Ich hab auch niemand sonst in seiner Nähe gesehen! Reicht das denn nicht, dass einer von denen meiner Mutti Angst gemacht hat?!"

„Gut. Dann würde ich Sie beide bitten, uns jetzt zum Präsidium zu begleiten, um Ihre Aussage zu Protokoll zu geben."

„Geht nicht! Die Mutti fühlt sich heute nicht gut! Und ich will sie in ihrem Zustand nicht alleinlassen", gab Kriegsdorf pampig zurück.

„Wie Sie meinen. Dann halt morgen früh um neun Uhr bei uns im Präsidium", sagte Karl-Heinz bestimmt und reichte ihm seine Visitenkarte.

„Wenn's sein muss ... So, jetzt gehen Sie aber wieder und rauben Sie anderen Leuten ihre wertvolle Zeit! Auf Wiedersehen!"

„Nicht so schnell. Ich bräuchte noch Ihre Personalien, da ich einen vorläufigen Vermerk über Ihre Aussage schreiben muss", entgegnete ich, woraufhin Kriegsdorf in der Laube verschwand und mit seinem und dem Ausweis seiner Mutter zurückkehrte, die er auf den Tisch knallte. „Da!", sagte er nur. Ich schrieb die Daten ab.

„Sind Sie endlich fertig?! Dann tschüss!", keifte Kriegsdorf und strich sich über seinen graumelierten Linksscheitel. Dieser bekloppte Wüterich warf uns hochkant raus. Uns blieb nichts anderes übrig, als seiner Aufforderung Folge zu leisten.

„Was ist denn mit dem los?", wollte ich wissen. Karl-Heinz wischte sich den Schweiß von der Stirn.
„Ich glaube, mit dem sollten wir uns mal etwas intensiver beschäftigen. Der scheint mir nicht ganz geheuer."
„Und ein mögliches Motiv hätte er auch: Angst um seine Mutter – und einen ziemlich ausgeprägten Fremdenhass."
„Stimmt. Vielleicht ist der deshalb ja schon mal in Erscheinung getreten. Sollten wir dringend überprüfen."
„Aber was ich doch interessant fand, war die Beobachtung, die die Kriegsdorfs gemacht haben."
„Was meinst du?"
„Na, dass der Tote in den letzten Wochen hier mehrfach aufgetaucht ist. Wenn wir diesem Kriegsdorf glauben – und ich denke nicht, dass er uns in dieser Hinsicht belogen hat – kann es eigentlich kein Zufall sein, dass Al-Hafez ausgerechnet hier getötet wurde."
„Guter Einwand. Ich werde ihn morgen früh bei der Vernehmung mal richtig in die Mangel nehmen", sagte Karl-Heinz und fuhr sich mit dem Handrücken abermals über seine vor Schweiß glänzende Stirn. Die Hitze lud eigentlich dazu ein, sich umgehend in ein Freibad zu begeben und abzukühlen.
Karl-Heinz als MK-Leiter hätte – gerade zu Beginn der Ermittlungen – eigentlich genug mit der Koordination zu tun gehabt, er wurde ständig von irgendwem auf dem Handy angerufen. Er ließ

es sich dennoch nicht nehmen, selbst „an die Front" zu fahren. Ein durch und durch vorbildlicher Chef.

Ungefähr drei Dutzend mehr oder minder auskunftsfreudige Schrebergärtner trafen wir in den nächsten drei Stunden noch an – sowohl in dem kleinen südlichen Teil als auch – mithilfe von Ralf, Hacki, Marco, Dario und Thorsten – in der riesigen Nordhälfte. Einige von ihnen fanden es spannend, von der Polizei befragt zu werden, andere schienen eher genervt, ihre Grillpartys, das entspannende Sonnenbad oder die anstrengende Gartenarbeit unterbrechen zu müssen.

Aber diese ganze Befragerei hätten wir uns auch sparen können. Wie sich herausstellte, war es vollkommen unerheblich, ob uns die Hobbygärtner freundlich oder abweisend empfingen, da Ewald-Rüdiger Kriegsdorf und seine Mutter offensichtlich die einzigen Anrainer waren, die den toten Libanesen jemals gesehen hatten.

Entsprechend deprimiert kehrten wir ins Präsidium zurück.

„Wie war's überhaupt in der Rechtsmedizin?", wollte ich von Marco wissen. Durch diese ganze unsinnige Befragerei hatten wir noch gar keine Zeit gefunden, uns darüber zu unterhalten.

Marco verdrehte die Augen. „Der Bericht wird uns schnellstmöglich vorgelegt, hat der kölsche Quincy eben gesagt. Kennst ihn ja, diesen Wichtigtuer. Er hat auch wieder nach dir gefragt. Aber egal. Jedenfalls haben er und der zweite anwesende Obduzent, Doktor Büxel, ein paar interessante Entdeckungen gemacht", sagte er und griff nach seinem Notizbuch.

„Ich frag mich ja die ganze Zeit, ob es eigentlich 'ne Fettveredelung wär, den Pfeiffer in 'nen Anzug zu stecken."

Da keiner von uns in dieser Situation gewillt war, auf Marcos reichlich unpassenden Spruch einzugehen, fuhr er seufzend fort: „Also: Der Tote verstarb an einem Schädeldachbruch, der durch massive stumpfe Gewalteinwirkung gegen das linke Scheitelbein verursacht wurde und zu schweren inneren Blutungen führte. Der oder die Täter haben das Scheitelbein mit insgesamt fünf Schlägen regelrecht zertrümmert."

„Konnten die denn bei so 'ner Verletzung 'nen Unfall völlig ausschließen?"

Marco nickte. „Ja, absolut, du Superschnüffler. Die gleiche Frage habe ich dem Fettsack auch gestellt. Aber er hat's mir erklärt: Erstens spricht die ‚Hutkrempenregel' dagegen. Du weißt doch – alle Kopfverletzungen, die oberhalb der gedachten Linie einer Hutkrempe festgestellt werden ..."

„... sind vermutlich durch Schläge entstanden."

„Respekt, Alter! Du bist 'n geborener Medizinmann!", scherzte unser Bergheimer.

„Zweitens war dieser offene Bruch für eine einfache Unfallverletzung viel zu gravierend. Und außerdem: Wo sollte der ganze fünf Mal gegen geprallt sein?"

„Mich wundert nur die Stelle, an der die Kopfverletzung aufgetreten ist. Ist schon ziemlich ungewöhnlich, oder? Normalerweise treffen wir solche Verletzungen doch eher am Hinterkopf an – und nicht seitlich."

„Tja, ein wenig seltsam war das schon – auch das hab ich unserem ‚Helmut Kohl der Leichenhalle' gesagt. Er hat mir recht gegeben. Fakt ist nur, dass der Täter mit voller Wucht zugeschlagen hat. Als hätte er mit großer Wut im Bauch gehandelt. Aber er konnte noch etwas sehr Interessantes entdecken: Faruk Al-Hafez' Kniescheiben waren beide vollkommen zertrümmert!"

„Was?", fragte ich.

„Ja. Beide auf einmal. Das konnte von keinem normalen Sturz herrühren. Sieht fast so aus, als hätte der Täter auch dort kräftig zugeschlagen."

„Dann hat der Täter ihn wahrscheinlich erst mal kampfunfähig gemacht, damit er nicht mehr fliehen konnte, und dann seinen Schädel eingeschlagen."

„Genau meine Meinung, Alter!"

„Eine ziemlich brutale Methode. Haben die noch irgendetwas anderes feststellen können?"

„Außer, dass der Tote 'ne ausgeprägte Raucherlunge hatte und er

– wie die Kollegen vor Ort schon vermuteten – relativ kurzzeitig vor dem Fund über den Jordan gegangen ist, nichts mehr. Unsere Quincys vermuten, dass er höchstens eine bis zwei Stunden tot war, als er gefunden wurde. Ergo ergibt sich grob der Zeitraum kurz vor halb zehn bis kurz vor halb zwölf."
„Na, das war ja 'ne ganze Menge an Infos."
„Das will ich doch wohl meinen! Ich schreib noch 'nen Vermerk zu der Obduktion, aber die Details kommen eh mit dem Obduktionsbericht. Bin schließlich kein gelernter Leichenfledderer!"

Karl-Heinz meldete sich danach bei Arnim und Rudi, denen es den Umständen entsprechend ging.

Ich schrieb derweil einen Vermerk zu Kriegsdorfs Aussage und kümmerte mich gemeinsam mit Karl-Heinz um die Aktenführung, bevor ich kurz vor zehn nach Hause ging.
Trotz meiner wirren Gedanken schaffte ich es, einzuschlafen.

4. Kapitel: Kollegenbefragungen und eine unliebsame Begegnung

Polizeipräsidium Köln, Abteilung Gefahrenabwehr/Strafverfolgung, Polizeiinspektion 8, Ermittlungsdienst, Kriminalkommissariat 1, Kapellenstr. 28, 51103 Köln-Kalk, Montag, 8. September 2003, 08:35 Uhr

Als ich gegen halb acht ausgeschlafen im Büro ankam, erklärte ich mich umgehend bereit, meinen beiden väterlichen Freunden und Kollegen Erich Koslowski und Hartmut Groß einen Besuch abzustatten. Schließlich hielten sich die beiden oft in Erichs Garten auf. Mit etwas Glück hatten sie unseren Toten vom Bahndamm in den letzten Tagen vielleicht gesehen.

„Tja, Leute, was soll ich sagen? Meine Befürchtungen sind vollends bestätigt worden", sagte Karl-Heinz und breitete die beiden Zeitungen aus, die er mitgebracht hatte.

„Das ist einfach nur schockierend", warf er ergänzend ein, während ich den Artikel betrachtete, der in der BILD Köln erschienen war.

KÖLN: SÜDLÄNDER AM BAHNDAMM TOT AUFGEFUNDEN

NAZI-Mord in Buchforst?

Von Hannes Lüssem und
Matthias Brandes (Fotos)

Angst vor brutalem
Skinhead-Terror!

Ich schüttelte den Kopf. Also hatte Hannes tatsächlich seine wirre Theorie bezüglich des Motivs zu Papier gebracht – obwohl es für diese Behauptung keinerlei Beweise gab. Und seine Kollegin Möltgen hatte ihm noch die Idee für den Titel seiner Schlagzeile geliefert, die darüber hinaus – rein geographisch betrachtet – falsch war, da der Tatort am äußersten Zipfel des Stadtteils Deutz und nicht in Buchforst lag. Aber derart schlampig recherchierten diese beiden Möchtegern-Vertreter der schreibenden Zunft nun mal. Echt unglaublich!
Ich nahm den zweiten Artikel in Augenschein, den besagte Frau Möltgen im EXPRESS veröffentlicht hatte.

Von GABY MÖLTGEN

Auch sie hatte also ihre „Idee" zum Tatmotiv veröffentlicht.
„Blöde Schmierfinken. Das Droh-Gen hab ich auch und das kriegt diese dumme Schnepfe von Möltgen bald endlich mal zu spüren!", merkte Marco in seiner unverkennbar „charmanten" Art an. Nachdem die Frühbesprechung unseres Kommissariats, die diesmal ziemlich kurz ausfiel, beendet war, machte ich mich um halb neun mit dem alten Ford auf den Weg zur Kalker Hauptwache. Das hässliche graue Flachdachhaus mit blauen Fensterrahmen und rückseitigen Waschbetonplatten versprühte den spröden Charme eines Bürogebäudes aus den Siebzigern.
Seltsame Gefühle überkamen mich, als der Türsummer ertönte und ich das Wachlokal betrat. Wie oft hatte ich diesen Raum früher betreten? Drei Jahre hatte ich hier Streifendienst versehen,

bevor ich 1994 den Aufstieg zum Kommissar gemacht hatte. Eine schöne Zeit, der ich oft hinterhertrauerte. Mit meinem damaligen Streifenpartner Marcel hatte ich viele nervenaufreibende Einsätze überstanden.

Im Inneren des hässlichen Gebäudes schien sich in den neun Jahren meiner Abwesenheit nicht allzu viel geändert zu haben. Hier waren immer noch die abgenutzten alten Holzmöbel und die hölzerne Theke. Nur eine Sache fiel mir auf: In dem nach Tabak und modrigen Holzmöbeln stinkenden Raum liefen viele junge Kommissarinnen und Kommissare herum. Zu meiner Zeit gehörten nur die wenigsten zu dieser Laufbahngruppe – bis auf die Vorgesetzten eigentlich niemand. Inzwischen hatte fast jeder einfache Streifenbeamte silberne Sterne auf seinen Schultern. Und Frauen waren zu meiner Zeit auch eher die Ausnahme im Wach- und Wechseldienst ...

Ein schlaksiger junger Kommissar stand von seinem Schreibtisch auf und trat hinter die Theke. „Was kann ich für Sie tun?"
Ich zückte meinen Dienstausweis. „Tach Kollege. Merzenich, KK 11. Ich möchte gerne zum Kollegen Koslowski vom Ermittlungsdienst." In diesem Moment trat ein spindeldürrer Uniformierter mit graumelierten Haaren, Stirnglatze und Schnauzbart neben den jungen Kommissar.
Als er mich sah, fiel ihm fast die Zigarette aus dem Mund. Den Mann mit den drei silbernen Sternen eines Polizeihauptkommissars auf den Schulterklappen kannte ich schon Ewigkeiten. Frank „Franky" Kolkwitz war seinerzeit der Wachdienstführer meiner Dienstgruppe gewesen.
„Mensch, Justav, mach det Licht an! Pitter Merzenich, du kleena Piepel, lass da ma so richtich drücken. Det is schon so wat von ewich her ..." Er kam hinter der Theke hervor und schloss mich in die Arme.
„Franky, du bist immer noch hier? Ich hab gedacht, du wärst schon längst in Rente!"

„Mumpitz! Zwee Jahre, denn isset endjültich zappenduster." Ich tippte dem gebürtigen Berliner auf eine der Schulterklappen. „Und wie ich sehe, hast du bei dem Laden doch noch Karriere gemacht."
Franky nahm einen kräftigen Zug an seiner Zigarette.
„Ollen Hartmut ham se vorige Woche inne Eigelsteinwache jesteckt und nu mach icke hier den Zirkusdirektor, wa."
Schlagartig fiel mir wieder ein, dass mir Hartmut erst Samstag auf der Gartenparty davon erzählt hatte.
„Mensch, Junge, wie jeht's 'n dia?", wollte Franky wissen. Ich zuckte die Achseln und lächelte.
Der Dienstgruppenleiter führte mich in sein Büro. Wir tranken eine Tasse Kaffee und unterhielten uns etwa fünfzehn Minuten. Dann begleitete er mich in den zweiten Stock, wo sich das Büro des Ersten Kriminalhauptkommissars Erich Koslowski befand. Mein Ziehvater war der Leiter des Kalker Kriminalkommissariats 1, das zusammen mit dem dortigen Kriminalkommissariat 2 und dem Verkehrskommissariat den Ermittlungsdienst der Polizeiinspektion 8 bildete.
Franky klopfte an. Eine ungehaltene Stimme rief „Herein!". Erich rückte gerade die kleine Brille auf seiner spitzen Nase zurecht und schaute leicht gestresst. Er war dabei, seine Aktentasche zu packen.
Offensichtlich bereitete er sich auf einen Einsatz vor. „Kiek ma, wat für 'n Vochel hier mittenmang rinjeflattert is, Erich. Ick mach ma dann wieda vom Acker, wa?" Franky klopfte mir auf die Schulter und verabschiedete sich.
„Hallo, Erich. Wo willst du denn hin?"
„'n Morgen Pitter! Na, hast du dich wieder beruhigt? Du bist Samstag ja ziemlich ausgerastet, was?"
„Ja, ich weiß. Tut mir echt leid."
„Schwamm drüber. Ist schon vergessen – und außerdem hab ich selbst ja kaum was davon mitgekriegt. Dafür war ich viel zu dicht. Was kann ich für dich tun, Jung? Aber mach's kurz, wenn's geht.

Ich muss auf 'ne Durchsuchung nach Ostheim. Wir unterstützen zusammen mit den Jungs vom ET die Kollegen des KK 32. Die haben 'nen Hinweis gekriegt, dass da 'ne jugendliche Autoknackerbande in 'nem Billardcafé Hehlerware vertickt. Dieses Café ist ein ziemlich großes Objekt. Das wird also bestimmt ein bisschen länger dauern. Egal – mir soll's recht sein. Dann komm ich wenigstens nochmal aus dem blöden Büro raus. So 'ne Durchsuchung ist zwar eigentlich völlig unspektakulär – aber trotzdem besser, als hinterm Schreibtisch zu versauern."
Das Telefon klingelte. Erich hob ab. „Ja, hallo, Dietmar ... Nein, den Bericht über die Schlägerei auf der Rolshover Straße kannst du auch nachher fertigmachen ... Ja, jetzt beeil dich! Wir müssen los ... Ja, bis gleich! Tschüss!" Er legte auf. „Also, Jung: Was gibt's?"
Ich umriss kurz den Fall des toten Faruk Al-Hafez und den derzeitigen Stand der Ermittlungen. Während Erich gespannt zuhörte, zog er den cognacfarbenen Wildlederblouson über, der seinen Bauchansatz kaschierte.
„Hast du diesen Mann schon mal gesehen?", fragte ich und zeigte Erich das Bild des Toten. Er nahm seine Aktentasche in die Hand und verließ mit mir sein Büro. „Nä, Jung, ich kenn den nicht."
„Und was ist mit Hartmut? Meinst du, der hat den gesehen?"
Erich zuckte mit den Schultern. „Keine Ahnung. Das musst du ihn selbst fragen. Und dieser bekloppte Kriegsdorf will den gesehen haben?! Das ist vielleicht ein Hornochse!"
„Glaubst du dem nicht?!"
„Das schon. Aber ein Spinner ist er trotzdem. Der trägt seiner Mutter den Arsch hinterher. Ein richtiges Mamasöhnchen. So was ist doch krank! Der hat noch nie 'ne Freundin gehabt! Hockt immer nur bei seiner Mutter rum. Der ist auch schon mal mit dem Gesetz in Konflikt geraten. Wenn du willst, kann ich dir später davon erzählen – jetzt hab ich dafür beim besten Willen keine Zeit. Meiner Meinung nach solltest du den mal im Auge behalten!"

Erich betrat das Büro des Leiters des Ermittlungsdienstes. „Werner, wir rücken jetzt ab. Wenn was ist – ich hab mein Handy dabei!"
„Alles klar! Viel Erfolg!"
Marcels Vater ging mit mir vor die Tür und verstaute seine Aktentasche im Kofferraum des blauen dreitürigen VW Polo, der vor dem Haupteingang stand. Mehrere Kollegen in der „unauffälligen" Einheitstracht eines Zivilbeamten – bestehend aus Jeans- oder Lederjacke, Flanellhemd, Jeans und Sportschuhen – hatten sich hier versammelt. Erich stieg in den kleinen Dienstwagen, der wie der Großteil unseres restlichen zivilen Fuhrparks schon ziemlich betagt war, und startete den Motor. Ein Astra Caravan folgte ihm im Schritttempo.

Ich winkte Erich hinterher und fuhr in die Innenstadt – genauer gesagt zum Breslauer Platz in unmittelbarer Nähe des Hauptbahnhofes, wo sich ein viergeschossiges, blaugraues Bürogebäude mit verspiegelter Fensterfront befand. Es war die Polizeiwache Eigelstein der Inspektion 1, die ein Jahr zuvor äußerst negative Schlagzeilen gemacht hatte. Mehrere Beamte hatten einen festgenommenen Randalierer auf der Wache übelst zusammengeschlagen und getreten. Später verstarb der Festgenommene im Krankenhaus an Herz- und Kreislaufversagen. Monatelang war diese schlimme Geschichte in den Medien allgegenwärtig – gerade auch, da sie Gerüchten zufolge nicht den einzigen zweifelhaften Zwischenfall auf dieser Wache darstellte. Inzwischen waren die sechs angeklagten Beamten verurteilt und aus dem Dienst entfernt worden.

Nachdem ich mich in dem verrauchten Wachlokal, das seinem Kalker Gegenstück ungemein ähnelte, angemeldet hatte, führte mich ein dicklicher, älterer Polizeihauptmeister über das Treppenhaus in den letzten Stock. Am Treppenabsatz mussten wir eine kleine Pause einlegen, da der uniformierte Kollege vollkom-

men außer Atem war und nach Luft rang. Sein bambusfarbenes Diensthemd war völlig durchgeschwitzt. „'tschuldigung, Kollege, ich bin ziemlich aus der Übung. Der Scheißinnendienst bringt mich noch ins Grab. Dieses ständige Rumsitzen ist doch Käse", ächzte er kopfschüttelnd und führte mich über den kühlen Flur. Am Ende des Ganges klopfte er an eine verschlossene Tür.
Ich trat ein und sah mich einem Kollegen Ende fünfzig gegenüber. Der grauhaarige Mann mit Mittelscheitel, graublondem Bart und gutmütigem Blick saß an seinem Schreibtisch und las den Kölner Stadt-Anzeiger. Sein Diensthemd im hässlichen Bambuston war faltenfrei und makellos – genauso wie der exakt gebundene Knoten seiner grünen Krawatte. Auf seinen Schulterklappen konnte ich jeweils vier silberne Sterne entdecken.
Polizeihauptkommissar Hartmut Groß lächelte mich freudestrahlend an und stand auf. „Hallo Pitter, na, alles klar? Hast dich ja am Samstag ein bisschen aufgeregt ..."
„Hör bloß auf. Die ganze Sache ist mir peinlich genug."
„Braucht's aber gar nicht zu sein! Ich konnte dich gut verstehen. Hab Marcel ziemlich den Kopf gewaschen, weil er so sauer auf dich war. Schließlich hätte er verhindern müssen, dass Maria auf der Party auftaucht und dann auch noch von ihrem Neuen erzählt. Fand ich überhaupt nicht gut!"
„Ach, vergiss es einfach!"
Ich sah mich in dem großzügigen Büro um, aus dessen Fenster man einen grandiosen Blick auf den Hauptbahnhof und die Turmspitzen des Doms hatte. An den Wänden hingen mehrere vergrößerte Urlaubsfotos, die die österreichische Alpenwelt eindrucksvoll in Szene setzten, und auf denen Hartmuts Frau Brigitte zu sehen war.
„Wie ich sehe, hast du dich hier ja inzwischen doch schon häuslich eingerichtet."
„Tja, die erste Woche in dem Laden hier hab ich jetzt rum. Aber wenn ich gewusst hätte, was als Wachenleiter alles auf mich zu-

kommt, wär ich DGL in Kalk geblieben und hätte meinen Vorgänger hier, den Lutz, sicherlich nicht beerbt."
„Wo ist der denn hin?"
„Zum Abteilungsstab ins PP. Dem war das hier alles zu stressig. Gerade auch wegen der Sache letztes Jahr. Na ja. Aber du bist bestimmt nicht gekommen, um dir meine Leidensgeschichte anzuhören, oder?"
Ich erzählte Hartmut die Geschichte des toten Libanesen und zeigte ihm ein Bild des Opfers. Aber Hartmut schüttelte den Kopf. „Tut mir leid, den hab ich im Leben noch nicht gesehen. Und dieser Kriegsdorf konnte sich an den erinnern?"
Ich nickte.
„Klar. Ausländer kann der sich gut merken, dieses Naziarschloch."
„Wie meinst du das?"
„Na, hat Erich dir nichts davon erzählt?"
„Der meinte nur, dass Kriegsdorf mal mit dem Gesetz in Konflikt geraten sei. Aber Erich war auch ziemlich in Eile."
„Das hat Erich ja nett ausgedrückt. Dieser Kriegsdorf ist im Ortsverband von so 'ner bekannten rechten Partei. Der ist vor ein paar Jahren wegen Volksverhetzung und Körperverletzung für 'n paar Jahre sogar im Knast gelandet."
„Wegen Körperverletzung? Was hat der denn gemacht?"
„Ich kann mich noch gut dran erinnern. Das war in der Gartensiedlung damals Gesprächsthema Nummer 1. Erich hat mir erzählt, dass damals auf der Jahreshauptversammlung des Gartenvereins ein Türke den Antrag gestellt hatte, eine Parzelle zu erwerben. Als dem Antrag von der Mehrheit der Vereinsmitglieder zugestimmt wurde, ist Kriegsdorf ausgerastet. Er hat einen ziemlich üblen, lautstarken Streit mit dem Türken vom Zaun gebrochen und den armen Mann letztendlich übel verprügelt. Dabei hat er noch irgendwelche Naziparolen gegrölt. Er wurde sogar auf seine Schuldfähigkeit hin psychiatrisch untersucht, da man vermutete, er sei psychisch krank. Ganz von der Hand zu weisen

war das eigentlich nicht. Du hast den Kerl ja kennengelernt. Aber der Gutachter sah das anders. Er wurde angeklagt, das Gericht schickte ihn in den Bau."

„Wann war das?"

Hartmut zuckte mit den Schultern. „Also, das weiß ich nicht mehr. Schließlich hat mir das alles der Erich erzählt. Da müsstest du ihn mal fragen – vielleicht fünf, sechs Jahre her. Oder befrag mal unser neues schlaues System POLAS. Ich weiß es beim besten Willen nicht. Wenn du meine ehrliche Meinung hören willst: Der Kriegsdorf ist mir nicht ganz geheuer. Würd mich nicht wundern, wenn der sogar mit dem Tod dieses Libanesen etwas zu tun hätte. Der hasst Ausländer wie die Pest."

Ich verabschiedete mich von Hartmut und machte mich auf den Rückweg zum Präsidium.

***

Thorsten hatte sich zwischenzeitlich mit den Düsseldorfer Kollegen in Verbindung gesetzt. Am Mittag sollten wir sie besuchen, um uns über Al-Hafez' kriminellen Werdegang zu informieren.

Ich erzählte meinen gespannt zuhörenden Kollegen von Erichs und Hartmuts Verdacht gegen unseren Zeugen Ewald-Rüdiger Kriegsdorf.

„Sicher, das ist schon 'ne Spur", merkte MK-Leiter Karl-Heinz an. „Ich hatte vor der Vernehmung von Kriegsdorf und seiner Mutter mal entsprechend in POLAS recherchiert. Erich und dieser Hartmut Groß haben dir die Wahrheit erzählt, Pitter. Über den ist tatsächlich einiges zu finden. Dario soll dieser Sache mal nachgehen. Bei seiner Vernehmung eben war er ganz ruhig, hat seine Angaben von gestern bestätigt – genau wie seine Mutter. Aber wir gehen der Sache auf den Grund. Trotzdem sollten wir uns auch auf die übrigen Anhaltspunkte konzentrieren. Ich würde vorschlagen, dass ihr" – dabei sah er Thorsten und mich an – „erst mal zu dem Café von diesem Özbay fahrt. Vielleicht trefft ihr ihn dieses Mal an. – Dario: Du gehst dieser Sache mit Kriegsdorf nach. Recherchiere mal ein bisschen in POLAS. Wenn an der Sache was dran ist, kannst du den Jungs von der Kriminalaktenhaltung ja einen Besuch abstatten und dir die Akte ziehen. Ich habe eben übrigens – in Ermangelung eines zuständigen Konsulats hier in der Gegend – die Konsularabteilung der libanesischen Botschaft in Berlin über den Tod ihres Staatsbürgers Al-Hafez unterrichtet. Aber das nur zu eurer Info."

Wir lösten unsere Versammlung auf.
Bevor Thorsten und ich unser Glück in Hakan Özbays Teestube versuchten, holten wir unsere Dienstwaffen. Schließlich wussten wir nicht, in welcher Beziehung Al-Hafez zu dem Türken stand. Vielleicht war Özbay ja in irgendwelche dunklen Geschäfte unseres polizeibekannten Toten verwickelt. Somit war äußerste Vorsicht geboten – auch, wenn über ihn in POLAS nichts zu finden war.
Um fünf vor halb zwölf machten wir uns auf den Weg in die Krefelder Straße, einer Seitenstraße des Hansarings im Norden der Innenstadt.
Wir parkten den alten Dienstwagen halb auf dem Bürgersteig. In der von alten grauen Häusern umgebenen dunklen Straßenschlucht herrschte Parkplatzmangel. Als ein KVB-Bus versuchte, an einem in zweiter Reihe geparkten Möbelwagen vorbeizukommen, wäre der Verkehr in der relativ engen Straße fast völlig zum Erliegen gekommen. So hielten wir genervt an und legten die letzten Meter bis zu der türkischen Teestube zu Fuß zurück. Regen prasselte auf meinen Kopf. So schön das Wetter am vergangenen Wochenende gewesen war, so trist war es nun zum Wochenbeginn.
Vor einem mausgrauen Mehrfamilienhaus hielten wir an. Über dem großen Schaufenster, dessen einzige Dekoration aus einer vergilbten Spitzengardine bestand, war eine Coca-Cola-Leuchttafel mit dem Aufdruck *CAFÉ TRABZON* angebracht.

Ich stieß die Lokaltür auf. Ein gutes Dutzend Männer saß an den über den gesamten Raum verteilten alten Holztischen, trank Tee, rauchte Wasserpfeife, spielte Tavla (eine türkische Backgammon-Version) oder Kniffel. Die Leuchtstoffröhre an der Decke vermittelte keine allzu große Gemütlichkeit. An den Wänden hingen Wimpel der verschiedenen türkischen Fußballmannschaften und mehrere Bilder der imposanten Sultan-Ahmet-Moschee in Istanbul. In dem flackernden Fernseher in einer der Ecken übertrug TRT ein Fußballspiel der türkischen Liga. Aus der billigen Stereoanlage hinter der hölzernen Theke ertönte ein türkischer Popsong, dessen schräge Töne äußerst nervtötend waren.

Die nikotinhaltige Luft verursachte Atemprobleme. Dicke Rauchschwaden stiegen Richtung Decke empor. Der Großteil der meist graubärtigen älteren Männer mit Gebetskappe, einer Takke, und Gebetskette in der Hand schaute Thorsten und mich skeptisch bis argwöhnisch an. Die hitzigen Diskussionen, die ein paar Augenblicke zuvor noch lautstark bis auf die Straße gedrungen waren, verstummten blitzartig. Gut vierundzwanzig Augen ruhten einzig und allein auf dem Düsseldoofen und mir. Ein ungutes Gefühl. Ich kam mir in dieser fremden Welt unerwünscht und deplatziert vor. Die Blicke der Anwesenden wurden immer feindseliger, als Thorsten und ich uns unter dem quietschenden Begleitkonzert des alten Linoleumbodens zu der Theke begaben, hinter der ein junger Türke stand und mit äußerster Akribie Gläser polierte.

Es kostete mich einige Überwindung, den Mann anzusprechen – schließlich hätte man in dem Raum noch immer eine Stecknadel fallen hören können. „Sind Sie Hakan Özbay?", fragte ich. Der Mann mit kahlrasiertem Schädel und dicker Goldkette über dem weißen, einen Schmerbauch umspannenden T-Shirt sah mich mit seinen schwarzen Augen unfreundlich an. „Wer will das wissen?", antwortete er.

„Merzenich, Kripo Köln. Das ist mein Kollege Herberts", sagte ich und zeigte dem Wirt meinen Dienstausweis.

„Polizei? Was wollen Sie?" Mit jedem seiner Worte stieg die Spannung in der Atmosphäre des Raums.

„Kannten Sie diesen Mann?", fragte ich Hakan Özbay und legte ihm ein Bild des Toten vor.

Er betrachtete es genau und schrak einen Moment zurück, während sich seine Augen für einen verschwindend kurzen Augenblick weiteten. „Nein, den hab ich noch nie gesehen. Wieso?"

„Der Mann hieß Faruk Al-Hafez und wurde in der Nacht von Samstag auf Sonntag am Buchforster Bahndamm tot aufgefunden. Wir gehen von einem Tötungsdelikt aus."

„Hab ich heute Morgen im EXPRESS gelesen. Schlimm. Aber was hat das mit mir zu tun?"

„Wir haben bei ihm einen Zettel mit Ihrem Namen, Ihrer Handynummer und der Anschrift Ihres Lokals gefunden."

„Keine Ahnung. Ich kenne den Mann nicht. Wenn Sie jetzt bitte gehen würden?! Ich habe hier genug mit meinem Geschäft zu tun. Die Zeitung hat geschrieben, dass Sie von einem Drogenkrieg ausgehen. Dann hören Sie sich mal lieber in der Szene um!", meinte er im Befehlston. Ich hätte Frau Möltgen für ihre Berichterstattung ihre langen roten Haare einzeln ausreißen können. Diese blöde Kuh!

Es war offensichtlich, dass der Mann log. Vor irgendetwas schien er große Angst zu haben. Aber so schnell ließ ich nicht locker.

„Und Sie sind absolut sicher, dass Sie den Mann nicht kennen?"

„Hören Sie schlecht, oder was, Mann?!" Einer der wenigen jüngeren anwesenden Männer kam mit provozierender Körperhaltung auf uns zu. Unter der schwarzen Lederjacke trug er das pechschwarze Hemd fast bis zum Bauchnabel offen. Dicke Goldketten funkelten an Hals und Handgelenk.

„Ich wüsste nicht, was Sie das angeht", warf Thorsten ein.

„Ey, Mann, immer Ärger mit euch Bullen! Von uns kennt den komischen Toten keiner, klar?! Nur weil wir Türken sind, kommt ihr mit so 'ner Scheiße immer zu uns! Ich könnt echt kotzen! Haut ab!"

„Volkan, lass gut sein! Die machen doch auch nur ihren Job!", versuchte Özbay, seinen hitzköpfigen Gast zu beruhigen. Aber der dachte gar nicht daran, auf den Wirt zu hören. „Jetzt haut endlich ab!", rief er und wollte Thorsten an der Schulter aus dem Lokal zerren.
Das war zu viel. Ich packte das Handgelenk des Türken und drückte zu – so lange, bis er das Gesicht schmerzerfüllt verzog und meinen Kollegen losließ. „Mann, ist ja schon gut! Okay, hast gewonnen! Jetzt lass schon los!", flehte er.
„Nochmal so 'ne Aktion wie eben und du kommst mit aufs Präsidium, klar?! Bei so was versteh ich überhaupt keinen Spaß!"
Ich sah den Wirt streng an. „Herr Özbay, wir brauchen Ihre Aussage schriftlich. Wenn Sie uns jetzt begleiten könnten?"
„Okay, Mann", entgegnete er mürrisch, sagte einem älteren Mann Bescheid und folgte uns vor die Tür des Lokals. Ich unterrichtete Karl-Heinz, der sich höchstpersönlich um die Vernehmung des Wirts kümmern wollte. Da Özbay lieber mit seinem eigenen Wagen fahren wollte, setzte er sich in seinen getunten CLK.
„Mann, der Typ war ja drauf", sagte Thorsten und schüttelte den Kopf. „Ein richtiges Arschloch. Aber der Wirt war auch nicht viel besser. Irgendwas hatte der zu verbergen. Der kannte unseren Toten – da bin ich mir zu hundert Prozent sicher!"

Im Konvoi fuhren wir ins Präsidium, wo Karl-Heinz den Wirt in Empfang nahm. Thorsten und ich tranken noch eben eine Tasse Kaffee, bevor wir wieder aufbrachen.
Wir machten uns auf den Weg nach Düsseldorf. Unsere dortigen Kollegen Jochen Kaufmann und Manfred Becker, die ich im Rahmen eines Falles im Vorjahr persönlich kennengelernt und als ziemlich nervig empfunden hatte, erwarteten uns im Präsidium der „verbotenen Stadt".
Thorsten und ich legten die gut vierzig Kilometer bis zum Düsseldorfer Stadtteil Bilk über die normalerweise zu jeder Tageszeit in höchstem Maße verstopfte A 3 zurück.

Um fünf nach halb zwei waren wir – ohne lange im Stau stehen zu müssen – an dem alten Backsteinbau angekommen.
Thorsten sah sich ziemlich missmutig um. „Ich hätte ja nicht gedacht, dass ich den ollen Kasten nochmal sehen würde!"
Ich lachte und klopfte ihm auf die Schulter.
Der Düsseldoofe und ich betraten den Haupteingang und meldeten uns beim Pförtner an.

5. Kapitel: Ermittlungskommission „Beirut"

Polizeipräsidium Düsseldorf, Abteilung Gefahrenabwehr/
Strafverfolgung, Zentrale Kriminalitätsbekämpfung, Kriminal-
gruppe 2, Kriminalkommissariat 21, Jürgensplatz 5-7, 40219
Düsseldorf-Bilk, Montag, 8. September 2003, 13:43 Uhr

Wir warteten in der großen Haupthalle des alten Gebäudes, das im Gegensatz zu unserem brandneuen Präsidium fast schon museumsreif erschien. Der Putz der vanillefarbenen Wände bröckelte langsam vor sich hin; alles in allem schien das alte Haus dringend einer Renovierung zu bedürfen. Es roch modrig und nach altem Zement.

Dem hölzernen Paternoster, der die einzige Attraktion des Gebäudes war, entstieg ein großer schlanker Mann mit mittelblonden Haaren, kantigem Kinn und stahlblauen Augen. Der Typ, der uns beiden freundlich entgegenlächelte, trug die gleichen Klamotten wie ein Jahr zuvor, als ich ihn kennengelernt hatte: dunkelgraues Jackett, schwarzes T-Shirt und Bluejeans.

„Hallo, ihr lieben Kölner Kollegen", begrüßte uns Thorstens ehemaliger Düsseldorfer Kollege, der Kriminalhauptkommissar Manfred „Manni" Becker, und schüttelte uns überschwänglich die Hand. Schlagartig fühlte ich mich wieder von ihm genervt und fragte mich insgeheim, wie ich diese Besprechung durchstehen sollte.

Auf dem Weg zu seinem Kollegen Jochen „Jo" Kaufmann erzählte uns Manni, dass er zwischenzeitlich auch für das KK 21 arbeitete, das für die Bekämpfung der „Organisierten Rauschgiftkriminalität" zuständig war.

Im zweiten Stock sprangen wir aus dem Paternoster und gingen den alten beengenden Flur entlang.

Manni klopfte an einer alten Holztür und stieß sie auf. In dem winzigen Zwei-Mann-Büro, das eher die Größe einer Besenkammer hatte, standen zwei alte Holzschreibtische, in dem ebenso

alten Holzregal in der Ecke des Raumes stapelten sich die Aktenberge, weitere Ordner fanden in Umzugskartons auf dem Fußboden Platz. An einem der alten Holzschreibtische saß ein braungebrannter Mann mit Meckihaarschnitt in Designerjeans und weißem Oberhemd, unter dem ein Lederhalsband mit einem hölzernen Anhänger hervorlugte.
Der Platzmangel erinnerte mich an die Büros im alten Präsidium am Waidmarkt. Das triste Fünfzigerjahre-Hochhaus in der südlichen Altstadt drohte fast aus allen Nähten zu platzen, als wir im Oktober 2001 endlich das neue Gebäude in Kalk beziehen konnten.
Gott sei Dank waren die Kriminalkommissariate der KG 1 zu Beginn der Neunziger vorübergehend in ein modernes Bürogebäude an der Löwengasse gezogen, sodass zumindest uns dieser abgetakelte Hochhausbau bis zum endgültigen Umzug vor zwei Jahren erspart geblieben war.
Jo Kaufmann nahm einen letzten Zug von seiner Zigarette, die die ohnehin stickige Luft in dem kleinen Raum in eine stinkende Dunstglocke verwandelte.
„Mensch, die Kölner. Hallo Männer", sagte der Kollege und bat seinen Zimmerkollegen Manni, zwei Stühle für uns zu holen.

Nachdem Manni mit den Stühlen zurückgekehrt war und uns zwei Tassen Kaffee geholt hatte, konnten wir endlich auf den Grund unseres Besuches zu sprechen kommen.
„Du hast am Telefon gesagt, dass ihr Infos bezüglich dieses Faruk Al-Hafez braucht", sagte Jo und sah Thorsten fragend an.
„So sieht's aus. Könnt ihr uns da weiterhelfen?"
Jo warf seinem Spannmann Manni einen Blick zu. „Und ob! Guck dich mal in diesem Raum um. Die meisten Akten, die hier rumfliegen, handeln von diesem Faruk und seinem bekloppten Bruder. Ich bin der Leiter der Ermittlungskommission ‚Beirut', die sich mit den beiden schrägen Vögeln und ihren beschissenen Rauschgiftdeals beschäftigt. Manni ist mein zweiter Mann."

„Also sind das ja zwei lokale ‚Größen', wenn ich das richtig sehe?"

„Davon kannst du ausgehen, Thorsten", wandte Manni ein. „Seitdem wir den Yamakoshi-Clan Ende letzten Jahres auf Grund der belastenden Aussagen eures Tatverdächtigen Tobias Monheim hochgehen lassen konnten, versuchen Faruk und sein Bruder Azad Al-Hafez, diese Lücke zu schließen und endgültig die Stelle des Japaners und seiner Gefolgsleute einzunehmen."

„Wäre vielleicht ganz gut, wenn du den Kollegen mal die Geschichte von Anfang an erzählen könntest", meinte Jo.

„Faruk und Azad Al-Hafez kamen Ende der Siebzigerjahre mit ihren Eltern als Bürgerkriegsflüchtlinge nach Deutschland. Ihr Vater lebte sich schnell ein, mietete ein Ladenlokal in der Innenstadt und machte daraus ein libanesisches Spezialitätenrestaurant, das *Maison de Beyrouth*. Das noble Lokal etablierte sich schnell in der Düsseldorfer Szene und wurde über die Jahre ein beliebter Treffpunkt der Reichen und Promis. Man kann sagen, dass es den beiden Brüdern in ihrer Jugend an nichts mangelte. Sie besuchten das Gymnasium und begannen beide ein Studium. Als ihre Eltern dann 1993 bei einem Autounfall während eines Libanon-Aufenthaltes ums Leben kamen, übernahmen die beiden das Restaurant. Sie hatten aber nicht viel Ahnung von der Geschäftsführung. Schon nach gut einem Jahr schrieb der Laden rote Zahlen. Aber Faruk und Azad waren zwei verzogene Bengel, die ihren exklusiven Lebensstil bewahren wollten. Um weiterhin die Partykönige von Düsseldorf bleiben zu können, kamen sie auf die Idee, ins Drogengeschäft einzusteigen. Zunächst vertickten sie nur Kokain an ihre zahlungskräftige Kundschaft, das sie von einem Landsmann in Rotterdam bezogen. Der wiederum war Handelskaufmann und beschaffte die Drogen über diverse Umwege bei Geschäftspartnern in Bolivien. Sie benutzten ihr Restaurant als Tarnung für ihre üblen Geschäfte.

Nach und nach wurden die beiden jedoch immer raffgieriger. Der

Verkauf von Kokain reichte ihnen nicht mehr. Über ihre Kontakte zu diversen Dealern bekamen sie Zugang zu einer Bande in der Türkei, von der sie Heroin bezogen und an Junkies in Düsseldorf und näherer Umgebung verkauften. Mit der Zeit wurden sie zum größten regionalen Konkurrenten des Yamakoshi-Clans. Aber gleichzeitig wurden die beiden auch immer unvorsichtiger. Sie verplapperten sich am Telefon – welche wir damals natürlich schon längst abhörten – und verabredeten sich mit ihren Lieferanten. Im November 1999 konnten wir dann nach gut zwei Jahren intensivster Ermittlungen zugreifen. Azad und Faruk wurden zu je vier Jahren Haft verurteilt, was für uns auf Grund der Schwere der Straftaten ein blanker Hohn war. Tja, und Faruk wurde – nachdem er einen Teil seiner Haftstrafe abgesessen hatte – 2001 letztendlich abgeschoben."

„Aber warum kam Azad mit einer Gefängnisstrafe davon, während sein Bruder später abgeschoben wurde?", wollte Thorsten wissen.

„Ganz einfach: Azad hatte zwischenzeitlich die deutsche Staatsangehörigkeit erworben. Man konnte ihn also gar nicht mehr abschieben."

An dieser Stelle mischte ich mich wieder in das Gespräch ein: „Du sagtest eben, dass die beiden Al-Hafez-Brüder nach dem Niedergang des Yamakoshi-Imperiums Ende vergangenen Jahres deren Stelle endgültig einnehmen wollten. Nur: Wie konnte das funktionieren, wenn einer der beiden Brüder im Knast saß und der andere im Libanon war? Nach meiner Rechnung müsste Azad ja heute noch im Gefängnis sein."

Manni schaute seinen Kollegen Jo mit überlegenem Blick an. Die alte Leuchtstoffröhre über unseren Köpfen flackerte.

„Schön wär's! Azad ist im November 2002 wegen guter Führung vorzeitig entlassen worden. Seitdem waren wir wieder an ihm dran. Wir hatten schon vorher seinen Cousin Mohammed Abdulrahim überwacht, der die Geschäftsleitung des Restaurants übernommen hatte und für die Dauer von Azads Abwesenheit auch höchstwahrscheinlich die Drogengeschäfte abgewickelt hat. Azad war nie wirklich aus dem Geschäft – was wir dank unserer Informanten zwar wissen, letztendlich aber nie beweisen konnten. Über Kontaktpersonen kommunizierte er ständig mit seinem Bruder im Libanon und seinem Cousin – aus dem Knast heraus! Kaum war er Ende letzten Jahres draußen, begann er dieses Spiel von Neuem. Nur, dass er diesmal vorsichtiger agierte. Am Telefon drückte er sich nur noch kryptisch aus. Auf E-Mail-Verkehr und SMS verzichtete er vollkommen."

Mir wurde schlecht. Wie konnte es unser Rechtssystem zulassen, dass einem verurteilten Straftäter die Möglichkeit gegeben wurde, seinen Geschäften auch aus dem Gefängnis heraus nachzugehen? Das durfte alles nicht wahr sein!

Manni nahm einen Schluck Kaffee, bevor er fortfuhr. Obwohl ich im Vorfeld das Schlimmste befürchtet hatte, empfand ich ihn und Jo gar nicht mehr als so nervtötend wie im Verlauf unserer letzten Besprechung vor mehr als einem Jahr. Eigentlich schienen die beiden sogar ganz sympathisch zu sein.

„Vor drei Monaten hatte er ein längeres Telefonat mit seinem Bruder. Und im Verlauf dieses Gesprächs warf er wieder alle Vorsichtsmaßnahmen über Bord und verplapperte sich ein weiteres Mal. Er habe alles für die Rückkehr seines Bruders nach Deutschland vorbereitet. Den gefälschten Pass bekäme Faruk von einem Kontaktmann in Beirut. Wenn Faruk zurück ‚in der Heimat' sei, würden sie ganz groß ins ‚Business' einsteigen. Düsseldorf und Umgebung sei mit der ‚Kaltstellung ihres großen Konkurrenten' – also der Verhaftung Yamakoshis – und seiner Gefolgsleute ohnehin jetzt fest in ihrer Hand. Nun müssten sie weiter expandieren. Als Nächstes müsse man den Kölner Raum ‚erobern'. Dort sei die Konkurrenz zwar größer als in Düsseldorf, dafür sei diese Region aber auch lukrativer."

„Habt ihr das unseren Kollegen erzählt?"

„Na klar. Eure Jungs hatten aber wenig Interesse an dem Fall und sagten, wir sollten die Al-Hafez' einfach weiter im Auge behalten

und ihnen Bescheid geben, wenn sich etwas Neues ergeben sollte. Außerdem war Al-Hafez klug genug, am Telefon zu verschweigen, um welches ‚Business' es sich handelte. Dass es dabei tatsächlich um Drogengeschäfte geht, ist unsere Interpretation, die wir leider immer noch nicht beweisen können. Das zögerliche Verhalten eurer Kollegen war also nicht ganz unbegründet – ich muss euch ja nichts über unsere Justiz sagen, die bei solchen Dingen ziemlich haarspalterisch sein kann ..."
Leider musste ich zustimmend nicken. Viele Ermittler standen der Arbeit der Staatsanwaltschaften und Gerichte – aus gutem Grund – mehr als skeptisch gegenüber.
Manni nahm einen weiteren schlürfenden Schluck aus seinem Kaffeebecher und fuhr fort: „Um es kurz zu machen: Wir wissen nicht, wann und wo Faruk Al-Hafez wieder nach Deutschland eingereist ist, obwohl wir den BGS unverzüglich über seine Einreisepläne informiert hatten. Fakt ist, dass er plötzlich wieder hier war."
„Angenommen, ihr liegt mit eurer Vermutung richtig und die Al-Hafez-Brüder hatten vor, ins Kölner Drogenmilieu einzusteigen: Wie wollten die denn auf dem Kölner Markt überhaupt Fuß fassen? Da gibt's doch genügend Gruppierungen, wenn ich mich jetzt nicht vollkommen irre – und ohne entsprechende Kontakte und Verbindungen dürfte da gar nix laufen."
„Recht hast du, Pitter. Aber das sah Azad nicht als Problem. Er hatte im Gefängnis sogar einen vielversprechenden Kontakt geknüpft, der ihm helfen sollte."
Manni warf Thorsten und mir einen eindringlichen scharfen Blick zu. „Was wir euch jetzt sagen, könnte sich wahrscheinlich zu einer der heikelsten Affären der letzten Jahre entwickeln – wenn wir denn endlich Beweise fänden ..."
„Jetzt macht's mal nicht so spannend. Also: Was wisst ihr?"
Jo sah Manni kurz an und verschränkte die Arme vor der Brust. „Bislang eigentlich nicht viel – jedenfalls nicht genug, um davon etwas nach draußen durchsickern zu lassen."

„Jo, ich bitte dich", warf ich ein wenig entrüstet ein, „wir sind Kollegen und nicht von der Presse. Wer oder was ist dieser seltsame Kontakt, den Azad im Knast geknüpft hat?"
Manni schaltete sich wieder in das Gespräch ein: „Immer der Reihe nach, Pitter. Seit Azad Al-Hafez im November vergangenen Jahres vorzeitig aus der Haft entlassen wurde, hatte er regen telefonischen Kontakt mit einem Unbekannten. Wir haben versucht, in Erfahrung zu bringen, wer dieser Mann ist. Aber leider benutzt der von Telefonat zu Telefonat immer wieder verschiedene Prepaidhandys ..."
„... deren ,wahre' Besitzer sowieso nirgendwo registriert werden", sagte ich.
„Genau. Interessant daran ist, dass Al-Hafez diesen Mann mit irgendwas unter Druck gesetzt hat. Er wisse etwas über ihn – und wenn er ihm jetzt nicht helfe, den Kontakt in Köln zustande zu bringen, würde Azad ihn auffliegen lassen. Letztendlich gab Azads Gesprächspartner nach und sagte zu, sich um alles zu kümmern. Aber die beiden verhielten sich in den Gesprächen so konspirativ, dass wir weder in Erfahrung bringen konnten, wer der Unbekannte ist, noch, ob es sich tatsächlich um ein Drogengeschäft handelt. Bis zum 4. August – da lief folgendes Gespräch zwischen Azad und dem Unbekannten auf unserer Telefonüberwachung auf. Seitdem sehen wir einiges klarer."
Manni räumte ein paar Akten auf seinem Schreibtisch beiseite. Ein hellgrauer Kasten im Format eines Schuhkartons kam darunter zum Vorschein. Auf seiner Vorderseite konnte man mehrere Knöpfe und Schalter sowie einen winzigen Bildschirm erkennen. Kein Zweifel, es handelte sich um einen Computer zur Telefonüberwachung. Manni führte eine übergroße Diskette, eine sogenannte Magneto Optical Disc – kurz MOD – in den Schlitz neben dem Bildschirm ein und hämmerte auf die Tastatur, die zu dem kleinen Abhörcomputer gehörte.
Danach reichte er mir ein Paar Kopfhörer, das ich mir mit dem ebenfalls angespannten Thorsten teilte und ans Ohr hielt.

Ein Freizeichen ertönte, dann meldete sich eine männliche Stimme mit arabischem Akzent.
"Ja, was gibt's?!"
Eine andere männliche Stimme, die offensichtlich einem deutschen Muttersprachler gehörte, antwortete dem Araber: *"Hey, ich bin's. Ich hab alles klargemacht – so, wie wir's besprochen haben."* An dieser Stelle bat ich Manni, das Band anzuhalten.
„Was meint der damit – ‚so, wie wir's besprochen haben'?"
Aber Jo zuckte nur mit den Schultern. „Das wissen wir nicht. Wir haben nur mitbekommen, dass Azad und der Unbekannte planten, mit irgendwelchen Geschäften – vermutlich Drogendeals – in Köln Fuß zu fassen. Die näheren Einzelheiten haben sie – jedenfalls über die überwachten Anschlüsse – nicht besprochen. Vielleicht haben sie dafür noch andere Telefone benutzt."
Auf mein Zeichen hin ließ Manni das Band weiterlaufen. Der unbekannte Deutsche berichtete Azad weiter: *"Mustafa hat mit seinem Cousin gesprochen. Die erste Lieferung kann nächste Woche erfolgen. Aber vorsichtig! Sein Cousin hat Angst, dass die ganze Scheiße auffliegt und er riesigen Ärger mit Tayfun bekommt. Der Typ scheint keinen Spaß zu verstehen, wenn man sich in seine Geschäfte einmischt."*
"Richte Mustafa und seinem Cousin aus, dass sie für das bisschen Risiko schließlich gut bezahlt werden. Der Mustafa soll sich mal nicht so anstellen. So kurz nach der Haftentlassung kann der das Geld doch gut brauchen. Bis jetzt läuft alles nach Plan, Mann. Das wird ein geiles Business, Alter. Ich schick den Kurier am Donnerstag zu dir, dann kann Faruk die Ware Samstag bei dir abholen und beim ‚Cousin' abliefern."
"Oh Mann, ich hab keine Lust, dass die ganze Scheiße über mich läuft! Da will ich nix mit zu tun haben! Die Nachbarn hier im Garten kriegen das irgendwann mit. Und dann? Mir passt das alles nicht!"
Der Araber erhob nun seine Stimme: „Darüber will ich mit dir nicht diskutieren! Deine Laube ist das geilste Versteck, das es nur geben kann – das hast du selbst gesagt!"
"Ja, aber ..."
"Ich will dir eigentlich nicht drohen – aber wenn du mir keine andere Wahl lässt ... Was meinst du, was deine Vorgesetzten sagen, wenn ich denen mal 'nen anony-

men Brief schicke?! Wie du für die Russen im Block den Stoff reingeschmuggelt hast, he? Und denk nur mal an Chris, den armen Junkie, dem du 'ne tägliche Extraportion Heroin versprochen hast, wenn er für die anderen Jungs, von denen du dafür kräftig Kohle kassiert hast, den Arsch hinhält. Vergiss nicht: Ein Brief oder auch nur ein Anruf bei der Anstaltsleitung und du lernst die Zellen mal von der anderen Seite kennen, Herr Justizvollzugsobersekretär!"
„Bist du bescheuert, davon am Telefon zu reden? Ich hab's ja schon verstanden! Also dann bleibt's halt dabei! Tschüss!"

Ohne eine Antwort abzuwarten, legte der Deutsche auf.
„Und, was sagt ihr jetzt?", wollte Manni von Thorsten und mir wissen. Aber wir waren zunächst viel zu geschockt, um ihm zu antworten.
„Azads unbekannter Kontaktmann ist ein Justizvollzugsbeamter! Eine ziemlich heikle Kiste."
„Wer ist der JVA-Mann?", wollte Thorsten von den beiden Düsseldorfern wissen.
„Keine Ahnung."
„Aber ihr habt Faruk doch sicherlich auf seinem Weg zu dem Typen beschattet – da müsstet ..."
„Mal langsam, Thorsten. Wir haben nur mal im Verlauf mehrerer Telefonate mitbekommen, dass sich Faruk in Deutschland aufhielt. Zugegeben, unser MEK observiert Azad seit dem Tage seiner Entlassung – aber mit seinem Bruder hat er sich komischerweise nicht ein einziges Mal getroffen. Bis zu eurer WE-Meldung, die wir heute Morgen gelesen haben, und deinem Anruf wussten wir nicht, wo Faruk abgeblieben war. Nachdem wir die Meldung über Faruks Tod und eure Ermittlung gelesen hatten, wollten wir euch eigentlich ohnehin anrufen. Aber ihr wart schneller ..."
„Warum hast du mir das denn eben nicht schon am Telefon gesagt?", fragte Thorsten leicht vorwurfsvoll.
„Ihr wolltet doch eh vorbeikommen. Und so was bespricht man doch nicht über Draht ...", entgegnete Manni, bevor er nach einer längeren Pause fortfuhr: „Wahrscheinlich hat sein Bruder noch ein Handy, von dem wir nichts wissen, und über diese ‚sichere'

Leitung mit ihm telefoniert – anders kann ich mir das nicht erklären. Fakt ist, dass dieser Schließer von Azad massiv unter Druck gesetzt wurde und irgendeinen Deal eingefädelt hat, der über seinen Garten laufen sollte. Wer er ist und wo diese Laube steht – keine Ahnung!"

„Ich glaube, es zu wissen", meldete ich mich zum ersten Mal seit mehreren Minuten wieder zu Wort. Bevor meine verdutzten Kollegen reagieren konnten, fragte ich: „Wo hat Azad seine Haftstrafe abgesessen?"

„Bei euch in Köln. Nach einigen Monaten in der JVA Hagen ist er zu seinem eigenen Schutz in den Klingelpütz verlegt worden, da er sich mit einer gefährlichen Marokkanergang angelegt hatte, die ihn mit dem Tod bedrohte."

„Dann weiß ich definitiv, wer euer mysteriöser Wachmann ist."

Meine Kollegen sahen mich sprachlos an.

„In der Schrebergartensiedlung, in deren unmittelbarer Nähe Faruk Al-Hafez tot aufgefunden worden ist, hat ein JVA-Schließer namens Mike Spich eine Parzelle. Ich hab gestern noch mit ihm gesprochen. Er sagte, dass er Al-Hafez noch nie gesehen habe."

Manni und Jo sahen sich erstaunt an. „Das gibt's doch gar nicht!", rief Jo. „Aber so, wie du uns jetzt überrascht hast, können wir euch auch überraschen." Manni kramte eine andere MOD hervor, die er in den kastenförmigen Computer einführte. „Das ist ein Gespräch vom vergangenen Samstag, 13.16 Uhr."

Wieder konnten Thorsten und ich die inzwischen vertrauten Stimmen von Mike Spich und Azad Al-Hafez vernehmen.

„Ja?", zischte abermals Azad.

„Ich bin's", antwortete Spich. *„Nur, damit das klar ist: Wir müssen die ganze Sache abblasen! Tayfun hat was mitbekommen! Mustafa und sein Cousin sind über die Entwicklung sehr besorgt ... – Und ich mach da ab jetzt auch nicht mehr mit! Das ist mir zu riskant, Mann! Du kennst Tayfun und seine Leute nicht. Die machen kurzen Prozess! Ich steig aus!"*

„Mustafa und sein Cousin werden weiter mitmachen. Dafür sind die beiden

viel zu geldgierig! Und du? Du wirst auch keine andere Wahl haben! Wenn du Faruk heute Abend nicht empfängst und ihm die Ware gibst, geht morgen ein Brief an deinen Boss raus."
"Du kannst mich mal! Ich schmeiß das ganze Zeug weg! Und wenn Faruk hier noch ein einziges Mal auftaucht, mach ich ihn persönlich kalt! Wegen dir und deinen Scheißdeals will ich mich nicht mit Tayfun anlegen!"
Plötzlich wurde Azads Stimme sanfter. *"Alter, bleib mal ganz ruhig. Du gibst Faruk wie vereinbart heute Abend die Ware und alles ist okay. Andernfalls kannst du dich von deiner Schlampe verabschieden und wanderst in den Knast. Und was meinst du, was passiert, wenn die erfahren, dass du 'n beschissener Wärter warst?! Dann wird's dir nicht besser ergehen als bei 'ner Begegnung mit Tayfun!"*
"Du verdammter Wichser!", schrie Spich in den Hörer und legte auf.

„Im Endeffekt hat Spich die Tötung Faruks im Vorfeld angekündigt", sagte Thorsten.
Aber ich schüttelte den Kopf. „Ich weiß nicht – für mich klang das eher so, als ob Spich einfach nur aus der Sache aussteigen wollte. Das war eher 'ne Bemerkung aus tiefer Verzweiflung als 'ne richtige Morddrohung. Der Typ hatte Angst vor diesem Tayfun – wissen wir wenigstens, wer das ist?"
Jo schüttelte wortlos den Kopf. „Wartet doch erst mal ab, Kollegen. Die Geschichte wird noch besser. Sonntag früh um 8.17 Uhr meldete sich Azad bei Spich. Hört mal!", sagte Manni und spulte das Band weiter vor.

"Was gibt's?", wollte Spich von seinem Gesprächspartner wissen.
"Du Hurensohn! Wo ist mein Bruder?"
"Was???"
"Du Schwein hast ihn umgebracht, oder?! Der hat sich seit dem verabredeten Treffen mit dir nicht mehr gemeldet! Hast du deine Scheißdrohung wahrgemacht und Faruk kaltgemacht?"
"Bist du bescheuert? Die war doch nicht wirklich ernst gemeint!"
"Erzähl mir keinen Scheiß, Mann!"
"Hey – echt nicht! Ich hab Faruk an meinem Garten getroffen und ihm die Ware gegeben! Ich hab ihm auch nochmal gesagt, dass das für mich definitiv der

letzte Deal ist. Dein Bruder hat zwar ein bisschen rumgeschrien, ist dann aber gegangen. Das ist alles, was ich weiß! Der wollte nach dem Treffen mit mir zu dem ‚Cousin' und ihm die Ware geben. Mehr weiß ich nicht, Alter!"
„Wenn du mich anlügst, bist du tot, kapiert?!"
„Mann, ich schwör's dir!"
„Da geb ich 'nen Scheiß drauf! Ich hoffe für dich, dass Faruk in den nächsten Stunden wieder auftaucht! Sonst kannst du was erleben!"

Manni spulte das Band abermals vor. „Das folgende Gespräch zwischen Azad und diesem Spich ist auch von Sonntag, von 12.51 Uhr."

Ohne seinen Gesprächspartner zu begrüßen, legte Spich los: *„Hey, Mann, ich hab Neuigkeiten! Die Bullen waren gerade hier in der Anlage und haben gesagt, dass Faruk heute Nacht ermordet wurde!"*
„WAS??? Also doch! Du Schwein hast ihn abgemurkst!"
„Bist du vollkommen übergeschnappt? Ich würd dich wohl kaum anrufen, wenn ich das gemacht hätte, oder?! Wie oft noch – ich war's nicht!"
„Wenn du's nicht warst – wer dann?"
„Ich hab keine Ahnung. Beim Mustafa und seinem Cousin ist er jedenfalls auch nicht aufgetaucht – hab den gerade angerufen. Vielleicht waren's ja Tayfun und seine Männer. Keine Ahnung, Mann!"
„Haben die Bullen irgendwas von der Ware gesagt?"
„Nee, und das hat mich gewundert. Wahrscheinlich hatte er sie gar nicht mehr bei sich, als er gefunden wurde."
„Du kümmerst dich drum, klar?!"
„Was?! Soll ich jetzt selbst nach dem Mörder suchen, oder was?!"
„Genau das! Du erledigst das. Wenn's tatsächlich Tayfun war, bringst du ihn mir, klar?!"
„Wie stellst du dir das vor? An den komm ich doch gar nicht ran ..."
„Das ist dein Problem! Ich erwarte von dir, dass du deinen Job machst!"
Mit diesen Worten legte Azad auf.
„Das lässt den Fall ja ein wenig in neuem Licht erscheinen. Al-Hafez hat diesen Spich beauftragt, den Täter zu suchen."
„Und so, wie der Spich sich angehört hat, glaube ich nicht, dass er was mit Faruks Tod zu tun hat."

„Richtig, Thorsten. Wir müssen dringendst diesen Spich in die Mangel nehmen", erwiderte ich.
„Und vor allem müssen wir rausfinden, wer dieser Tayfun ist und was Faruk Al-Hafez für eine Ware dabeihatte, als er getötet wurde. Oder habt ihr damit ein Problem, wenn wir mit dem Sprich reden?"
Jo sah uns an. „Was sollen wir dagegen haben? Mordermittlungen haben Vorrang. Und außerdem kommen wir mit dem Fall nicht richtig weiter. Von uns aus habt ihr grünes Licht. Ich klär das aber noch eben mit unserem Staatsanwalt ab", sagte er und griff nach dem Hörer. Kurz darauf hatte er sich das Okay des Anklagevertreters geholt. „Sollen wir euch die Arbeit abnehmen und Azad die ‚amtliche' Todesnachricht überbringen? Bisher hat der das ja nur durch den Spich erfahren – und davon wissen wir ja rein offiziell nix. Nur, wenn wir uns in der Beziehung gar nicht rühren, schöpft Azad vielleicht Verdacht, dass gegen ihn ermittelt wird. Und vielleicht könnten wir auf diesem Wege noch was Interessantes für unseren Fall in Erfahrung bringen."
„Klär ich mit dem MK-Leiter ab", erwiderte ich.
Manni sah uns bedeutsam an. „Männer, wäre wirklich gut, wenn ihr uns auch von euren weiteren Ermittlungsergebnissen berichten könntet."
„Versteht sich doch von selbst, oder?"

Wir verabschiedeten uns von den beiden Düsseldorfer Kollegen und machten uns auf den Rückweg nach Köln. Inzwischen zeigte die Uhr 14.48 Uhr an. Während Thorsten den alten Ford durch den ein wenig zähfließenden Autobahnverkehr lenkte, informierte ich Karl-Heinz per Handy über die neuesten Entwicklungen.
„Das hört sich doch schon mal gar nicht so schlecht an. Dann müssen wir diesem Mike Spich schnellstmöglich einen Besuch abstatten. Der Kerl ist für unsere weiteren Ermittlungen die Schlüsselperson. Ihr beiden seht zu, dass ihr sofort wieder nach Köln kommt – Marco kümmert sich darum, herauszufinden, wo ihr den Spich antreffen könnt. Gib mir noch eben die Nummer der

Düsseldorfer Kollegen. Ich ruf die selbst an, um ihnen zu sagen, dass sie die Todesnachricht überbringen können."
Wider Erwarten kamen wir auch diesmal relativ gut durch. Gegen Viertel vor vier waren wir wieder an dem Neubau unseres Präsidiums in Kalk angekommen.
Im Büro erwarteten uns Marco und Karl-Heinz.
„Ihr zwei Miami-Vice-Doubles könnt direkt wieder aufbrechen. Ich hab Spichs Adresse herausgefunden. Der wohnt auf der Heidelberger Straße in Buchforst. Seine Kollegen im Klingelpütz haben mir gesagt, dass er sich heute krankgemeldet hat."
„Gut," nickte Karl-Heinz. „Ihr nehmt den mit und dann werden wir dem ein bisschen auf den Zahn fühlen, bis er einknickt. Lass mich das mal machen, auch wenn ich mit der Aktenführung eigentlich genug zu tun habe. Der Kerl wird singen."

Mit einem – zugegeben – unguten Gefühl im Bauch machte ich mich mit Thorsten auf den Weg in die Heidelberger Straße im Stadtteil Buchforst, eine Hauptverkehrsstraße, die in den Stadtteil Buchheim führte und in unmittelbarer Nähe der Kleingartensiedlung lag.
Als wir in der vielbefahrenen Straße ankamen, war es Viertel nach vier. Wir stellten den Wagen am Straßenrand ab und überquerten sprintend die Fahrbahn – gerade noch rechtzeitig, bevor uns die Straßenbahn der Linie 3, die sich bimmelnd bemerkbar machte, auf ihrem Weg zur Kölnarena erfassen konnte.
Der Düsseldoofe und ich gingen zu einem alten Genossenschaftsmietshaus, das sich mit den Nachbargebäuden in seiner Tristesse an das verregnete Wetter mehr als gut anzupassen schien.
Wir klingelten an dem Türschild mit der Aufschrift *Koch & Spich*.
„Ja?", wollte eine weibliche Stimme durch die Gegensprechanlage wissen.
„Merzenich, Kripo Köln. Wir müssen dringend mit Herrn Spich sprechen."
„Worum geht's denn? Mein Freund ist nicht da. Er ist verschwunden! Von jetzt auf gleich!"

„Können wir trotzdem reinkommen?" Kommentarlos ertönte der Türsummer. Ich sah Thorsten verwundert an.
Eine ungeschminkte Blondine mit verheulten Augen begrüßte uns und bat uns hinein.
„Er ist weg! Als ich heute Morgen vom Nachtdienst im Krankenhaus kam, war er weg! Ohne jeden Kommentar!", stieß sie kopfschüttelnd hervor, ohne dass sie uns die Möglichkeit ließ, uns vorzustellen. Tränen liefen über ihre Wangen. „Was hat er bloß? Hat er Ärger mit der Polizei? Was soll das denn alles, verdammt?"
Ich wusste nicht so recht, was ich ihr antworten sollte.
„Und was hat das hier zu bedeuten?", fragte sie und zeigte uns den kleinen Karton mit etlichen SIM-Karten.
„Wir sollten uns in Ruhe unterhalten", warf Thorsten ein. So baten wir Monika Koch, uns aufs Präsidium zu begleiten.
„Hat sich Herr Spich in letzter Zeit irgendwie auffällig verhalten?", fragte ich sie, als wir im Büro waren und ich ein Sicherstellungsverzeichnis für den ausgehändigten Karton mit den SIM-Karten ausgestellt hatte.
Aber die Krankenschwester schüttelte den Kopf. „Nein. Eigentlich nicht. Aber da wir beide im Schichtdienst arbeiten, sehen wir uns auch nicht oft. Obwohl – wenn Sie so fragen: Ja, er hat in letzter Zeit öfters über eine Reise in die Südsee gesprochen. Und wenn ich ihn gefragt habe, wie wir uns das mit unseren kleinen Gehältern leisten sollen, hat er immer nur gesagt, dass ich das mal seine Sorge sein lassen soll. Aber das war auch schon alles."

Demotiviert ging ich an jenem Abend nach der Abschlussbesprechung mit dem Düsseldoofen in meine Kalker Stammkneipe und ließ mich volllaufen.

6. Kapitel: Die zweite heiße Spur

Polizeipräsidium Köln, GS, ZKB, KG 1, KK 11, MK 2, Walter-Pauli-Ring 2-4, 51103 Köln-Kalk, Dienstag, 9. September 2003, 08:30 Uhr

An diesem Morgen war es mir schwergefallen, aus dem Bett zu kommen. Schließlich hatte ich mit dem Düsseldoofen bis spät in die Nacht in der kleinen Eckkneipe meines Freundes Alfons gesessen. Dementsprechend lustlos stieg ich in meinen alten 3er BMW und fuhr ins Präsidium.

Bei der Frühbesprechung erzählten unsere MK-Leiter von den bisherigen Ermittlungsergebnissen in ihren Verfahren.

Kaum wollte ich in mein Büro gehen, als mich Karl-Heinz an der Schulter packte. „Kannst direkt sitzen bleiben. Wir kriegen jetzt Besuch", sagte er und goss sich eine Tasse Kaffee ein. Drei Männer betraten den Raum.

Zwei davon kannte ich. Da war zum einen ein dunkelhaariger Mann Mitte vierzig mit Mittelscheitel, Dreitagebart und randloser Brille. Über seinem Bauchansatz trug er ein kariertes Hemd und eine Fleecejacke. Kriminalhauptkommissar Ingo Holtkott, einer der Beamten des hiesigen KK 22 – besser bekannt unter seiner Bezeichnung GER beziehungsweise Gemeinsame Ermittlungsgruppe Rauschgift –, lächelte uns freundlich an.

Der zweite Mann des Trios, der mir neben Ingo bekannt war, folgte ihm im Schlepptau. Es war ein Mann mit kurzen lockigen Haaren, zerknautschtem Gesicht und einer auffällig langen Narbe auf seiner linken Wange. Zollamtmann André Krickelberg, einer der in der GER neben den Kripoleuten vertretenen Beamten des Zollfahndungsamtes Essen, war auch in Sachen Modestil eher außergewöhnlich. Neben seinem schwarzen Fan-T-Shirt der Rockband KISS trug er eine schwarze Lederhose und Cowboystiefel. Er lächelte uns ebenfalls freundlich zu und nahm Platz.

Links von André setzte sich nun ein drahtiger Mann Ende vierzig mit kurzen grauen Haaren und stahlblauen Augen. Unter seinem dunkelgrauen Jackett trug er ein lässiges Polohemd.

Karl-Heinz ergriff das Wort. „So, schön, dass ihr gekommen seid." An mich gewandt sagte er: „Ingo und André haben um diese Unterredung gebeten. Aber das sollten sie im Folgenden vielleicht selbst erklären."

Ingo nickte und deutete in die Richtung des sportlich gekleideten älteren Kollegen. „Also zunächst möchte ich euch ganz kurz unseren Kollegen Harry Huntgeburth vom LKA in Düsseldorf vorstellen. Er ist dort als VE-Führer für die Betreuung der verdeckt operierenden Kollegen zuständig."

Etwas verlegen blickte sich Kollege Huntgeburth in der Runde um und nickte freundlich. „Nochmals guten Morgen, Kollegen."

Als Verdeckte Ermittler – kurz auch VE – die landläufig eher unter ihrer englischen Bezeichnung „undercover" bekannt waren, wurden die Kollegen bezeichnet, die sich in Tätergruppierungen einschleusen ließen, um aus der Gruppe heraus zu ermitteln.

Ingo meldete sich wieder zu Wort: „Weswegen wir hier sind: Harry hat sich nach eurem gestrigen Besuch im *Café Trabzon* mit uns in Verbindung gesetzt."

André beugte sich zu seinem Kollegen. „Vielleicht solltest du den Jungs erst mal die ganze Geschichte von Beginn an erzählen."

„Hast recht. Also gut. Die GER Köln ermittelt seit nunmehr drei Jahren gegen einen türkischen Staatsangehörigen namens Tayfun Akyüz. Akyüz ist Inhaber eines kleinen türkischen Supermarktes am Wilhelmplatz in Nippes. Seit Jahren steht er in Verdacht, der Pate einer großen Kölner Dealerbande zu sein."

„Aber seit dem Beginn unserer Ermittlungen beißen wir uns an ihm die Zähne aus", bemerkte der Zollfahnder Krickelberg. „Wir haben keine handfesten Beweise gegen ihn. Das Einzige, was wir herausfinden konnten, war, dass er gute Beziehungen zu dem Besitzer des *Café Trabzon*, diesem Hakan Özbay, und zu einem Türsteher und Kampfsportschulenbesitzer namens Kemal Ünlü

pflegt, der mit seiner Gang übrigens auch schon öfter für Ümit Göcök, den stadtbekannten K.o.-Ümit, und seine Firma *Security Suppliers GmbH* gearbeitet hat. Ist ja auch so 'n ganz dubioser Typ. Aber das nur am Rande."
Ich dachte an K.o.-Ümit und seine beiden Bodyguards, denen ich im Sommer des Vorjahres zum ersten Mal begegnet war. Ein wirklich seltsamer Vogel, der uns aber immerhin den entscheidenden Tipp hinsichtlich des Aufenthaltsorts eines von den Vereinten Nationen gesuchten serbischen Kriegsverbrechers gegeben hatte. Aber zwielichtig war dieser Heini schon ...
„Wir hatten genügend Anhaltspunkte gesammelt, die Telefonüberwachungen und Observationen gerechtfertigt haben. Aber Akyüz und seine Bekannten gingen ziemlich geschickt vor. Es gab immer wieder Hinweise auf mögliche Verstrickungen der drei Männer in etwaige Rauschgiftdeals – aber nachweisen konnten wir ihnen nichts."
„Bis wir die Erlaubnis bekamen, einen VE in diese dubiose Gruppierung einzuschleusen. Das war vor einem Jahr. Seitdem konnten wir hinreichende Indizien dafür sammeln, dass Akyüz tatsächlich der Kopf der wohl bedeutendsten Drogenbande Kölns ist", sagte Ingo und schaute auf die Uhr.
„Ohne die Arbeit unseres Manns wären wir noch längst nicht so weit. Aber vielleicht solltest du den Kollegen selbst über die Recherchen deines Schützlings berichten", sagte Ingo und klopfte Harry auf die Schulter.
Harry nickte, nahm einen Schluck Kaffee und rückte seinen Reverskragen zurecht. „In Ordnung. Also, ich will euch jetzt nicht mit der ganzen Geschichte langweilen. Nur so viel: Unser Mann, einer der wenigen türkischstämmigen Kollegen, baute ein Vertrauensverhältnis zu Tayfun auf, der ihm einen Job in seinem Supermarkt gab. Schon bald stellte sich heraus, dass Tayfun über seinen Bekannten Kemal Ünlü gute Beziehungen zu einem Rauschgifthändler in Gaziantep unterhält, einer Stadt in Südostanatolien – ganz in der Nähe der syrischen Grenze –, die als großer

Drogenumschlagplatz gilt. Aber Tayfun ist geschickt. Er ist bislang nie selbst in Erscheinung getreten, sondern lässt Kemal die Rauschgifttransporte organisieren. Kemal bestellt das Heroin bei dem türkischen Händler, der es zu einem Lebensmittelfabrikanten nach Istanbul transportieren lässt. Bei diesem Fabrikbesitzer bestellt Tayfun letztendlich die Delikatessen für seinen Supermarkt. In einen Teil der Nahrungsmittelsendungen, die Tayfun bezieht, werden in der Lebensmittelfabrik dann die Drogen eingearbeitet. Das Geschäft mit dieser Lebensmittelfabrik läuft auf völlig legalem Weg ab – Bestellung per E-Mail oder Post, Zollanmeldung und so weiter. An alles wird gedacht. Sollte bei den Transporten mal etwas schiefgehen, kann Tayfun ruhigen Gewissens behaupten, von den Drogen nichts gewusst zu haben – er hat schließlich nur Oliven, Hammelfleisch und Konserven bestellt."

„Ziemlich raffiniert", warf ich ein. „Aber wie passt Hakan Özbay ins Bild?"

„Hakan und Tayfun sind alte Freunde. Und da eine schummrige, von der Außenwelt nicht sonderlich beachtete Teestube für die Abwicklung der Drogengeschäfte – sprich die Abgabe an Kleindealer und Straßenverkäufer – viel unauffälliger ist als ein Supermarkt mit regem Publikumsverkehr, tritt Hakan zusammen mit seinem Cousin Mustafa Dogan als Verteiler für die Drogen in Erscheinung."

„Aber wie kommunizieren die denn untereinander?", wollte Dario wissen. „Ünlü, Özbay und Akyüz müssen sich doch absprechen. Und da verquatschen die sich nicht am Telefon?! Kaum vorstellbar!"

„Das ist es ja! Wenn sie etwas miteinander bereden müssen, treffen sie sich persönlich – irgendwo, wo sie ungestört sind. Aber nach Aussage unseres Manns ist irgendetwas im Busch. Über einen Kleindealer, der sich bei Hakan die Ration für seinen Straßenverkauf abgeholt hat, konnte Tayfun in Erfahrung bringen, dass Özbay und Mustafa – der vor ein paar Monaten übrigens gerade erst aus dem Gefängnis entlassen wurde – Kontakte zu ei-

nem neuen Dealer aufbauen wollten. Dieser Straßenverkäufer hat letzte oder vorletzte Woche mitbekommen, wie Özbay in seiner Teestube Besuch von einem Libanesen hatte, der eine Sporttasche bei ihm ließ. Seitdem misstraut Tayfun den beiden und bat unseren Mann, sie im Auge zu behalten. Tayfun ging sogar so weit, dass er Hakan und Mustafa drohte, sie umzubringen, falls sie ihn hintergehen würden. Tja, und als ihr" – Harry sah Thorsten und mich lächelnd an – „gestern in der Teestube aufgekreuzt seid und Hakan das Bild des toten Libanesen gezeigt habt, wusste unser Mann, der sich ebenfalls dort aufhielt, sofort, dass Tayfun hinter der Sache stecken könnte."
Innerlich rief ich mir das Geschehen aus der Teestube wieder ins Gedächtnis. Ich fragte mich, welcher der anwesenden Männer unser Verdeckter Ermittler gewesen sein könnte.
Dario sah unseren Kollegen Huntgeburth skeptisch an. „Aber wieso? Tayfun wusste doch gar nicht, wer überhaupt hinter der neuen Konkurrenz steckte – geschweige denn, wann er Al-Hafez wo antreffen würde ..."
„Genau diese Frage habe ich unserem Mann bei unserem Treffen gestern Abend auch gestellt. Aber auch dafür hatte er eine Erklärung. Tayfun würde nicht mal seiner eigenen Großmutter vertrauen – der vermutet hinter jedem bekannten Gesicht einen potenziellen Verräter. Obwohl er unseren Mann bat, Hakan und Mustafa zu überwachen, hat der in den letzten Tagen auch vermehrt Kemal und ein paar seiner Kampfsporttrainer, die auch Mitglieder seiner Türstehergang sind, am Hansaring herumlungern sehen. Und wer weiß – vielleicht hat sich dieser Al-Hafez in den vergangenen Tagen – vor Samstag – ja mit Özbay und seinem Cousin getroffen. Unser Mann hat zwar diese Vermutung geäußert – mitbekommen hat er davon aber nichts, da er nebenbei noch in Tayfuns Supermarkt gearbeitet hat. Es könnte aber durchaus sein, dass Kemal oder seine Jungs im Rahmen ihrer Überwachung ein Treffen beobachtet haben – und Samstag dann zugeschlagen haben."
„Fakt ist, dass Özbay und sein Cousin die Al-Hafez-Brüder um

größte Vorsicht baten, da sie bemerkt hatten, dass Tayfun von ihren Deals mit den Libanesen etwas mitbekommen hat."
Ich erzählte den GER-Kollegen von den Ermittlungsergebnissen der Düsseldorfer Beamten (wobei wir jetzt ja dank der Unterredung mit den GER-Kollegen endlich wussten, wie Tayfuns vollständiger Name lautete).
„Das passt alles ziemlich gut ins Bild", sagte Ingo.
André nickte. „Wäre gut, wenn ihr unsere Aktion unterstützen könntet."
„Welche Aktion?", wollte Karl-Heinz wissen.
„Wir erwarten heute Nachmittag eine neue Lieferung aus der Türkei. Zum ersten Mal war Tayfun so unvorsichtig, im Beisein unseres Manns von der Ladung zu reden, die er nachher bekommt."
„Und dann wollen wir endgültig zuschlagen!", sagte Ingo und klopfte bemüht energisch auf den Tisch.
„Tayfun hat Kemal und einen seiner Türsteher, einen gewissen Dursun, beauftragt, sich mit dem Lkw auf der Raststätte Königsforst-Ost an der A 3 zu treffen, ihn zum Zollamt zu begleiten und schließlich zu seinem Supermarkt zu führen."
„Wie soll das Ganze ablaufen?"
„Also, wir wissen, dass unser Supermarktbesitzer Tayfun heute Mittag mit einer Ladung Olivenkanister und Hammelfleisch beliefert wird. An Bord sollen auch ganze dreißig Kilo Heroin versteckt sein. Kemal und sein Mitarbeiter treffen den Laster, der von einer Firma namens *Kilis Trans* sein soll, und fahren mit ihm zum Zollamt im Niehler Hafen. Dort beendet Kemal dann im Auftrag Tayfuns das TIR-Verfahren und ..."
„Was für 'n Verfahren?", wollte Thorsten wissen.
„Euch Bullen muss man auch alles erklären!", sagte der einzige anwesende Zöllner André. „Das TIR-Verfahren ist ein Warenversandverfahren. Ihr habt doch bestimmt schon mal die Lkw mit den blauen Tafeln und der weißen Aufschrift *TIR* gesehen? Also, nur kurz zur Erklärung: Wenn du Waren von Land A nach Land B über Land C transportieren willst, würde normalerweise bei der

– wenn auch nur vorübergehenden – Einfuhr in Land C Zoll fällig werden. Aber da das ja keinen Sinn macht und bei der Durchfuhr durch mehrere Länder ganz schön kostspielig wäre, gibt es das TIR-Verfahren. In Land A wird von dir eine relativ hohe Sicherheitsleistung kassiert, deine Ware auf die Angaben in den Papieren hin überprüft, dein Lkw verplombt und du bekommst ein Begleitdokument – das sogenannte *Carnet TIR* – ausgestellt, das du an jeder Grenze abstempeln lässt. Damit kannst du dann – ohne bei jedem Grenzübertritt Zoll zahlen zu müssen – bis zu deinem Bestimmungsort B fahren, wo dann erst die Einfuhr abgewickelt wird."

„Danke für deine Erklärung", sagte Ingo und schaute sich in der Runde um. „Ab dem Treffpunkt an der Raststätte Königsforst-Ost sind die Kollegen des MEK an dem Lkw und an Kemal mit seinem Begleiter dran. Bei der Übergabe der Waren am Supermarkt schlägt dann das SEK zu."

„Ist denn überhaupt sicher, dass die dreißig Kilo Heroin an Bord sind?", wollte ich von Harry wissen. „Wenn Tayfun die Lieferung im Beisein des Kollegen erwähnt hat, wollte er ihm doch vielleicht nur eine Falle stellen, um ihn auf seine Zuverlässigkeit zu testen. Du hast doch selbst gesagt, dass er äußerst misstrauisch ist."

Aber Harry winkte ab. „Ganz sicher nicht, Pitter. Tayfun und Kemal dachten, sie seien allein, als sie von der Lieferung sprachen. Die haben gar nicht mitbekommen, dass sich unser Kollege in unmittelbarer Nähe vor der Bürotür aufhielt – das hat er mir bei unserem Gespräch gestern mehrfach versichert. Es war definitiv keine Finte!"

Ingo nickte und ergriff das Wort: „Zeitgleich mit dem Zugriff durchsuchen wir die Wohnungen von Kemal Ünlü und Tayfun in Mülheim und Longerich, das *Café Trabzon* und Kemals Kampfsportschule, die sich auch in Mülheim befindet. Gott sei Dank standen das Kölner MEK und auch das SEK Köln zur Verfügung, die sind wenigstens ortskundig. Wenn ich da an die Dortmunder oder Bielefelder denke ..."

Ich nickte zustimmend. Zwar gab es in NRW fünf weitere Standorte von Spezialeinheiten, die problemlos angefordert werden konnten, wenn Not am Mann war. Aber die Kollegen aus Bielefeld, Dortmund, Düsseldorf, Essen und Münster kannten sich in unserer Domstadt halt einfach nicht so gut aus wie unsere heimischen Einheiten.
„Die 12. BPH[4] aus Brühl hat uns für die Durchsuchung der Teestube und Kemals Kampfsportschule zwei Gruppen zur Unterstützung abgestellt", fuhr Ingo fort.
Ingo schaute uns der Reihe nach an. „Wir könnten im Einsatzabschnitt ‚Markt', der von André geleitet wird, noch ein paar Mann brauchen, die uns zuerst bei der Durchsuchung des Supermarktes und danach der beiden Wohnungen helfen. Die werden zwar alle zeitgleich gestürmt, aber in den Wohnungen haben wir nur jeweils drei Einsatzkräfte. Die mögliche Verwicklung dieses Tayfun in euren Fall kommt uns also sehr gelegen. Könnt ihr das leisten?"
Karl-Heinz sah mich an, ich nickte nur. „Natürlich! Ab wann sollen wir uns wo bereithalten?"
„Um 13 Uhr ist das Treffen mit dem Lkw, danach kommt die Zollabfertigung – Meldeort/-zeit für die Einsatzkräfte im Abschnitt ‚Markt' ist 14 Uhr in nächster Umgebung des Wilhelmplatzes. Auf Grund der dortigen Platzknappheit und da alles andere viel zu auffällig wäre, wird diesmal aber kein gemeinsamer Bereitstellungsraum benannt. Daher ist auf Eigensicherung verstärkt zu achten. Haltet ja die Köpfe flach, wenn das SEK aktiv wird", sagte Ingo lachend.
„Geht in Ordnung! Thorsten, Marco, Pitter und Dario werden euch unterstützen. Wer ist der PF?", wollte mein momentaner MK-Leiter wissen. Schließlich trug der Polizeiführer bei derartigen Einsatzlagen die ganze Verantwortung. Man konnte also nur hoffen, dass ein guter Mann an der Spitze stand.
„Diesmal hat's den Leiter ZKB höchstpersönlich erwischt", antwortete Ingo.

---

[4] Abk. für Bereitschaftspolizeihundertschaft

„Gott sei Dank", sagte Karl-Heinz und lehnte sich beruhigt zurück. Einen Besseren als Kriminaldirektor Salm konnte es für diese Aufgabe gar nicht geben.

Als sich die Kollegen verabschiedeten, drehte sich Harry ein letztes Mal um und lächelte Thorsten und mich an. „Übrigens: Obwohl das eigentlich gegen unsere Geheimhaltungsvorschriften verstößt, hat unser Mann darauf bestanden, dass ich euch ausrichte, ihm tue die rüde Aktion gestern in der Teestube furchtbar leid. Aber für die Glaubwürdigkeit seiner Rolle sei das ziemlich gut gekommen."

Schlagartig wusste ich, wer der Undercover-Kollege war: der langhaarige junge Türke, der von Özbay „Volkan" genannt wurde und der versucht hatte, Thorsten und mich rauszuschmeißen. Den hätte ich als Letzten für einen Kollegen gehalten – ein überaus guter Schauspieler ...

An vernünftiges Arbeiten war an jenem Vormittag nicht mehr zu denken. Jeder von uns bereitete sich auf den bevorstehenden Einsatz vor. Zwar berichtete Dario, dass er einiges über Ewald-Rüdiger Kriegsdorf herausgefunden und auch einen diesbezüglichen Gesprächstermin mit einem Kollegen vom Staatsschutz für den darauffolgenden Tag vereinbart habe – aber wir hörten nur mit einem halben Ohr zu.

In dieser Lage passte es gar nicht, dass mein Telefon klingelte. Am anderen Ende der Leitung meldete sich mein Kollege Manni Becker aus Düsseldorf.

„Grüß dich, Pitter. Also, wir haben Azad die offizielle Nachricht vom Tod seines Bruders überbracht."

„Und wie hat er reagiert?"

„Im Gegensatz zu seinem Telefonat mit Spich vollkommen nüchtern und eiskalt. Er hätte nicht gewusst, dass sich sein Bruder in Deutschland aufhalte – und außerdem sei dessen Tod zwar tragisch, aber er würde ihn nicht im Geringsten interessieren. Faruk habe ihn eh immer nur in kriminelle Machenschaften verwickelt. Und davon habe er genug."

„Der lügt doch wie gedruckt!"
„Klar! Aber wenn wir ihm das vorgehalten hätten, hätten wir unser aktuelles Ermittlungsverfahren gegen ihn offenbaren müssen. Und dafür ist es noch zu früh."
„Da hast du wohl recht. Wär nett, wenn du mir 'nen Vermerk über euer Gespräch mit dem Gauner schicken könntest."
„Versteht sich doch von selbst! Bis dann!"
Manni legte auf. Ihm von der anstehenden Durchsuchungsaktion gegen Akyüz, Özbay und Ünlü zu erzählen, von der Azad Al-Hafez indirekt auch betroffen war, hatte ich keine Lust. Überhaupt fieberte ich dem Einsatz am Nachmittag einfach nur entgegen.

Inzwischen war es Viertel vor zwölf. Ich ging in Begleitung meines Kollegen Dario – wie fast jeden Mittag – in die Pizzeria meines alten Schulfreundes Gaetano.
„Ciao, amici! Wie geht's euch beiden?", begrüßte uns Gaetano und umarmte uns. Wie fast jeden Mittag bestellten wir Pizza und unterhielten uns eine ganze Weile. Dabei fiel mir auf, wie lustlos Dario in seinem Essen herumstocherte.
„Mensch, Jung, was ist los?"
„Ach, ich hab nächsten Monat gar keine Lust, beim Köln-Marathon anzutreten."
„Was? Aber dafür hast du jetzt monatelang trainiert."
„Und sogar schon das Startgeld bezahlt! Aber so langsam bin ich ziemlich demotiviert. Das ewige Laufen tagein tagaus hängt mir echt zum Hals raus!"
„Du bist 'n Typ. Zuerst große Sprüche klopfen und sich dann drücken. Du hast doch alle Leute mit deinem Lauftick verrückt gemacht. Wenn du das jetzt nicht durchziehst, bist du bei allen unten durch – glaub's mir, Jung!"
Aber Dario schaute mich nur wie ein begossener Pudel an. Ich lachte und klopfte meinem sichtlich genervten Kollegen auf die Schulter.
Gegen Viertel vor zwei machten wir uns zu viert auf den Weg

nach Nippes. Während Dario und ich in unserem Ford fuhren, folgten uns Marco und Thorsten mit dem weinroten Golf III über die Zoobrücke. Wider Erwarten fanden wir auf Anhieb einen Parkplatz am Rande des ansonsten stark frequentierten Wilhelmplatzes, auf dem an jedem Werktag ein großer Wochenmarkt abgehalten wird.

Thorsten und Marco hatten nicht so viel Glück wie wir. Sie mussten in der benachbarten Auguststraße nach einem geeigneten Abstellplatz für ihren VW Ausschau halten.

Ich stellte die Rückenlehne des Fahrersitzes ein Stück zurück und beobachtete die Szenerie, die sich auf dem großen Platz abspielte, während Dario unserem Einsatzabschnittsleiter über Funk unseren Standort durchgab.

„Arnold 91/18 hat in der Auguststraße Position bezogen!", vernahm ich Thorstens Stimme aus dem Funkgerät.

Abgesehen von den Kehrmännern der AWB, die die letzten Obst- und Gemüsereste des Wochenmarktes entfernten, sahen der Platz und seine nächste Umgebung friedlich aus. Nichts deutete auf die Polizeiaktion hin, die hier in absehbarer Zeit die Hölle lostreten würde.

Und doch – wenn man genau hinsah, konnte man einige allzu große „Unauffälligkeiten" entdecken – so wie das eng umschlungene Pärchen, das im strömenden Regen auf den Stufen des hässlichen Betonbaus am anderen Ende des Platzes saß, der Anfang der Neunziger an dieser Stelle errichtet worden war, um aus dem Wilhelmplatz eine „Location" für „Open-Air-Events" zu machen. Bis auf den Auftritt der Nippeser Bürgerwehr, die diese grottenhässliche, hochbunkerähnliche Betonbühne alljährlich an Weiberfastnacht nutzte, ist mir keine einzige Veranstaltung in Erinnerung, die auf diesem Klotz, der im offiziellen Sprachgebrauch der Stadtoberen mehr als beschönigend „Pavillon" genannt wurde, je stattgefunden hatte. Vor einem Monat hatte ein ortsansässiger Künstler den bis dato trostlos grauen „Tadsch Mahal" – so war der Bau vom damaligen Oberbürgermeister Norbert Burger bei der Einweihung seinerzeit getauft worden – bunt angestrichen und mit riesigen ebensolch farbenfrohen Paradiesvögeln bemalt. Eine mehr als zweifelhafte Verschönerungsmaßnahme.

Wie gesagt: Das Pärchen saß auf den Stufen der Bühne und wurde durch das riesige freischwebende Vordach des Betonbaus vor dem Regenguss geschützt – ein äußerst seltsames Rendezvous ...

Seltsam war auch der junge Mann, der sich vom Regen in keiner Weise stören ließ und in aller Ruhe an der Telefonsäule am Rande des Marktplatzes verweilte. Er schien sich unschlüssig, ob er eine Nummer wählen sollte, und starrte das Telefon gedankenversunken an. Der kleine Hörerknopf des „Konspis", also des verdeckt getragenen Funkgerätes, der in seinem Ohr steckte, war für meinen Geschmack jedenfalls zu gut zu erkennen ...

Ansonsten konnte ich beim besten Willen nicht sagen, wo sich die übrigen Durchsuchungskräfte aufgestellt hatten. Ihre Tarnung schien ziemlich gut zu sein.

Eine ganze Weile geschah nichts. Dann knackte es im rauschenden Funkgerät. „Von Einsatzabschnittsleiter ‚Markt' an alle zugeteilten Einsatzkräfte!", meldete sich André Krickelberg, der die Betreuung des wohl heikelsten Abschnitts übernommen hatte.

„Das Treffen an der Autobahn zwischen ZF 1 und ZF 2 ist glattgelaufen. Bei der Zollabfertigung am Niehler Hafen gab's auch keinerlei Probleme. Beide ZF sind jetzt auf dem Weg Richtung ZO. Auf Anordnung PF rücken die Durchsuchungskräfte unmittelbar nach, sobald Zugriff durch SEK erfolgt ist. Von Einsatzabschnittsleiter ‚Markt' Ende!"

***

Der Funkverkehr zwischen den Beamten des MEK, also des Mobilen Einsatzkommandos, das für die Observation der Täter und deren Zuführung an den Zugriffsort des SEK verantwortlich war, wäre für einen „Normalsterblichen" kaum verständlich gewesen. Und da sie sich obendrein mit ihren seltsamen Spitznamen ansprachen, hatte das Ganze auch noch etwas unfreiwillig Komisches an sich:

„Beide ZF kommen an roter LZA zum Stehen ... LZA wird grün, beide ZF fahren an. Weiterfahrt auf der Friedrich-Karl-Straße, haben Kreuzung Niehler Straße passiert. Ein ‚Fremd'. Wer geht in A und löst uns ab?"
„Rocky/Conan gehen in A!"
„Verstanden! Wir fahren an Jet-Tankstelle rechts raus!" ...
„Rocky an alle: Beide ZF blinken und biegen links auf den Niehler Kirchweg ab. ‚Fremd' fährt weiter geradeaus. Frage Positionen?"
„Hulk/Gonzo in B!"
„Rambo/Ali in C!"
„Verstanden!"

***

Die Scheibenwischer kratzten turnusmäßig mit abgeriebenem Gummi über die Windschutzscheibe. Weder Dario noch ich sprachen. Mir wurde von Minute zu Minute wärmer. Diese Warterei machte mich fertig und hatte für mich von Anfang an zu den unangenehmsten Facetten unseres Jobs gehört.
Bei dem starken Regen hatte sich kaum ein Passant auf dem Wilhelmplatz und seine nähere Umgebung verirrt – bis auf das engumschlungene Pärchen auf der bunten Betonbühne und den jungen Mann, der immer noch an der Telefonsäule stand und inzwischen endlich den Hörer in die Hand genommen hatte ...

***

„LZA wird grün. Beide ZF fahren an und biegen rechts ab in Wilhelmstraße. Wir fahren weiter geradeaus. Wer geht in A?"
„Hulk/Gonzo gehen in A! Biegen in Wilhelmstraße ab. Rambo/Ali: Wo seid ihr?"
„Sind hinter euch in B, ein ‚Fremd'!" ...
„Beide ZF biegen am Postamt rechts ab in Christinastraße."

***

Ich drehte meinen Kopf zur rechten Seite und konnte nun das schwarze tiefergelegte 3er Cabrio und den großen elfenbeinfarbenen Mercedes-Kühllaster mit der Aufschrift *KİLİS Trans*, der offensichtlich schon einige Jahre auf dem Buckel hatte, am alten Postamt vorbeifahren sehen.

Auch wenn ich dem Funkverkehr der Spezialkräfte nicht folgte, war mir bewusst, dass es sich bei dem Lkw um die erwartete Lieferung handeln musste. Schließlich war es ein Laster der Firma, die den mutmaßlichen Stoff anliefern sollte. Jetzt würde es nicht mehr allzu lange dauern.

Meine Vermutung bestätigte sich umgehend: Denn mit einigem Abstand folgten dem kleinen Konvoi zwei auffällig unauffällige Zivilfahrzeuge – eine silberne C-Klasse der aktuellen Baureihe und ein anthrazitfarbener Saab 9-5 Kombi.

Auch das Pärchen auf dem Bühnenaufgang und der Mann an der Telefonsäule, der sich zwischenzeitlich dazu durchgerungen hatte, auch noch eine Nummer zu wählen, schienen die beiden Zielfahrzeuge gesehen zu haben. Argwöhnisch betrachteten sie den prolligen BMW und den ihm nachfolgenden Kühlwagen, der kaum durch die enge Straße passte.

Auf der gegenüberliegenden Seite des Platzes, wo über einem Supermarkt in einem Eckhaus die Tafel *Tayfun-Market* hing, hielten beide Zielfahrzeuge an.

***

"Beide ZF sind an Ecke Christinastraße/Viersener Straße zum Stillstand gekommen. ZP 2 und ZP 3 steigen aus ZF 1 aus. Wir biegen rechts ab in Viersener Straße! Rambo/Ali: Ihr seid noch dran?"

"Positiv, sind hinter euch! Wir biegen ebenfalls rechts ab in Viersener Straße und halten am Straßenrand. Ali geht als Fuß raus." ...

"Hier Ali! Habe Sichtkontakt. ZP 2 und ZP 3 gehen zu ZF 2. ZP 1 kommt aus Supermarkt. – Jerry von Ali: ‚Die Füchse sind im Bau!' Jetzt seid ihr dran! Gute Jagd und viel Erfolg!"

„Ali von Jerry: Vielen Dank! Wir übernehmen! – An alle Zugriffskräfte: Auf Weisung PF warten wir die Übergabe ab, Zugriff erfolgt dann bei günstiger Gelegenheit!"

Der Zugriffsleiter, Polizeihauptkommissar Andreas „Jerry" Hecht, der Dario und Pitter mit seinem SEK 1 im Vorjahr aus den Fängen eines irren Killers befreit hatte, hatte seinen Satz kaum zu Ende gesprochen, da begrüßte der Lkw-Fahrer die „Zielperson 1", einen Mann, der soeben aus dem Supermarkt gekommen war, per Handschlag.
Er deutete mit dem Kopf in die Richtung der Ladefläche. Der Mann aus dem Supermarkt – wie sich später herausstellte, handelte es sich hierbei um Tayfun höchstpersönlich – klopfte dem Fahrer auf die Schulter und zeigte ihm einen prall gefüllten Briefumschlag, woraufhin der Fahrer eifrig nickte, sich sichtlich beeilte, die Ladeklappe zu öffnen, und emsig mehrere silbern glänzende Blechkanister auf dem Bürgersteig abstellte.
Zwischenzeitlich hatten sich auch Kemal Ünlü und jener Dursun, die den Lkw mit dem 3er begleitet hatten, zu Tayfun und dem Fahrer gesellt. Sie ergriffen die Kanister und wollten sie ins Innere des Supermarktes bringen.
In diesem Moment konnten die Spezialeinsatzkräfte abermals den Zugriffsleiter des SEK, dessen Stimme aus dem rauschenden Funkgerät ertönte, vernehmen:

„Jerry an alle Zugriffskräfte: Übergabe findet momentan statt! Donner-Freigabe, wenn ich von drei runtergezählt habe! Drei – zwo – eins – GO!"

Was dann geschah, machte dem Namen des Zugriffskennwortes wirklich alle Ehre.
Einem gewaltigen grollenden Gewitter gleich, das urplötzlich und aus dem Nichts über ihre Köpfe hereinbrach, bezogen die Spezialkräfte Stellung: Aus dem Tor, das auf den Innenhof des Postamtes führte, und aus der Auguststraße kamen ein silber-

ner Omega Caravan und eine schwarze Mercedes V-Klasse mit heulendem Motor um die Ecke geschossen. Mit quietschenden Reifen kamen der Opel-Kombi und der Mercedes-Kleinbus bei der kleinen Gruppe, die sich zwischen den beiden Zielfahrzeugen und dem Supermarkt versammelt hatte, zum Stehen.
Blitzschnell sprangen mehrere Männer aus den großen Dienstwagen. Das Einzige, was die mit Jeans, Sportschuhen, karierten Flanellhemden, Kapuzensweatshirts, Jeans- oder Feldjacken bekleideten Männer von „normalen" Passanten unterschied, waren die schwarzen Sturmhauben, die sie auf dem Kopf trugen. Obwohl sie sich nicht – wie bei anderen Zugriffen üblich – zusätzlich zu den „Bankräubermasken" schwere olivgrüne ballistische Schutzhelme mit Visieren aus dickem Panzerglas aufgesetzt hatten, die sie noch martialischer erscheinen ließen, war ihr Anblick auch so schon furchteinflößend genug. Sie rannten auf die vierköpfige Gruppe zu, wobei sie lautstark rumbrüllten. Im Handumdrehen hatten sie die perplexen Zielpersonen gepackt und zu Boden gebracht.

***

„Einsatzleiter von Zugriffsleiter!"
„Kommen!", meldete sich nun Ingo zu Wort. *„Zugriff ist erfolgt, vier Paulas festgenommen und fixiert, keine erkennbaren Verletzungen oder Schäden! Sachbearbeitung kann mit eigenen Kräften nachrücken!"*
„Verstanden!" - Einsatzleiter an alle: Zugriff ist erfolgt, wir rücken jetzt an allen Einsatzabschnitten nach!"
Wir verließen sofort unseren Dienstwagen und liefen über den Platz – parallel zu André, dem Pärchen von der Betonbühne, dem „Telefonmann", der den Hörer blitzschnell fallen gelassen hatte, Thorsten und Marco sowie weiteren Ermittlern, die wohl aus allen erdenklichen Löchern und Verstecken in den Parallelstraßen gekrochen waren.
Vor dem Supermarkt bot sich uns ein nicht ganz alltägliches Bild.

Die vier Zielpersonen lagen bäuchlings mit Kabelbindern gefesselt vor dem Eingang des Supermarktes und wurden von einem SEK-Mann mit Maschinenpistole bewacht. Die ganze Aktion hatte vielleicht eine oder zwei Minuten gedauert. Wahnsinn, was die Jungs vom SEK so draufhatten!
Als wir vor dem Laden ankamen, hielt – unter den entrüsteten Flüchen und Unschuldsbeteuerungen der Festgenommenen – hinter einem mitten auf der Straße parkenden Zivilfahrzeug des MEK, das dem SEK-Kleinbus mit schwarzen Folienscheiben gefolgt war und den Weg somit für den nachfolgenden Verkehr abgesperrt hatte, mit quietschenden Reifen ein dunkelgrüner Astra Caravan. André klopfte mir auf die Schulter. „Jetzt kommt unsere Supernase."
Dem Zivilkombi entstieg ein durchtrainierter Mann im tannengrünen Einsatzanzug des Zolls und öffnete die Heckklappe des Wagens, aus der ein bildschöner schwarzer Labradorrüde sprang. Der Hundeführer kam mit seinem vierbeinigen Kollegen auf unsere kleine Gruppe zu und reichte dem Zollfahnder Krickelberg die Hand. „Hallo, André, wo sollen wir anfangen?"
„Tach Bernd", antwortete der GER-Kollege und deutete mit dem Zeigefinger auf das halbe Dutzend Kanister, das auf dem Bürgersteig stand. „Nehmt euch am besten zuerst mal die Behälter vor. Ist am wahrscheinlichsten, dass der Stoff da drin ist."
Der uniformierte Zollkollege nickte, ließ seinen Hund von der Leine und rief: „Such, Champ! Such!"
Alsdann begann der Hund mit seiner Arbeit. Zunächst beschnüffelte er die Kanister von außen. Gespannt verfolgten wir das Szenario. Würde der Spürhund tatsächlich etwas finden?
Aber er schlug nicht an. Alle sechs Kanister waren – zumindest von außen – nicht mit Heroin in Verbindung gekommen. Jetzt machte sich der Hundeführer daran, jeden einzelnen Kanister zu öffnen und ließ Champ an den Einfüllstutzen schnüffeln. Doch noch immer geschah nichts. Sollte dieser Einsatz tatsächlich in einem Fiasko enden? André blickte mich kurz an und biss sich nervös auf die Unterlippe.

Die Spannung stieg von Minute zu Minute und von Kanister zu Kanister. Aber auch die nächsten drei übergroßen Blechbüchsen waren sauber.

„Scheiße!", zischte André und gab Ingo per Funkspruch den aktuellen Sachstand durch.

Da geschah es. Aus heiterem Himmel erklang das erlösende Bellen unseres Labradors Champ, als er die Öffnung von Kanister Nummer 5 beschnupperte.

„Bingo!", sagte der Zollhundeführer Bernd, während Champ an dem Behältnis kratzte und scharrte. „Da muss 'ne Anhaftung von dem Stoff sein!"

„Ich glaube, wir haben's! Leute, wir haben's!" André freute sich wie ein kleiner Schuljunge.

Der Hinweis unseres verdeckt arbeitenden Kollegen hatte sich tatsächlich bewahrheitet. Der Rest war reine Routine.

Während sich André und ein paar seiner Kollegen um das Einschleppen des Kühltransporters zur Spurensicherung und seine eingehende kriminaltechnische Untersuchung kümmerten, durchsuchten wir mit den übrigen Einsatzkräften den Supermarkt.

Aber weder hier noch in den Wohnungen von Kemal und Tayfun in Mülheim beziehungsweise Longerich fanden wir irgendwelche Hinweise auf eine mögliche Verwicklung der Dealer in die Tötung Faruk Al-Hafez' – genauso wenig wie die Kollegen, die von der Bereitschaftspolizei unterstützt Kemals Kampfsportschule und das *Café Trabzon* durchsuchten.

Da hatte sich die ganze Aktion für die GER-Kollegen schon eher gelohnt:

Neben den dreißig Kilo Heroin, die tatsächlich in den dutzenden Olivenkanistern des Lasters versteckt und dank der guten Nase des braven Diensthundes Champ aufgespürt worden waren, fanden wir in Kemals Wohnung auch diverse Notizen über seine Gespräche mit Tayfun und dem Drogendealer aus Gaziantep, aus denen eindeutig hervorging, dass Tayfun Akyüz der Drahtzieher der üblen Geschäfte war.

Als wir an jenem Abend gegen halb elf nach Hause gingen, hatten wir den Vernehmungen von Kemal und Tayfun beigewohnt und die beiden auch zu dem Tötungsdelikt im Falle Al-Hafez' befragt. Aber sie hatten wasserdichte Alibis. Tayfun war mit seiner Freundin auf einer türkischen Hochzeit und Kemal war mit seiner Türstehergang in eine üble Prügelei vor einer Disco auf den Ringen verwickelt gewesen.
Auch wenn diese zweite heiße Spur sehr vielversprechend begann – sie hatte uns kein Stück weitergebracht.
Hundemüde fiel ich an diesem Abend ins Bett und schlief unverzüglich ein ...

7. Kapitel: Der Radikale

Polizeipräsidium Köln, Abteilung Gefahrenabwehr/Strafverfolgung, Polizeilicher Staatsschutz, Kriminalkommissariat 2, Walter-Pauli-Ring 2-4, 51103 Köln-Kalk, Mittwoch, 10. September 2003, 08:31 Uhr

Dario begrüßte mich morgens mit einer duftenden Tasse Kaffee.
„Hier, Pitter, für dich."
„Dank dir!"
„War ja 'ne ziemliche Schlappe gestern, oder?!"
„Hör bloß auf!"
„Na, vielleicht sollten wir uns bei den weiteren Ermittlungen doch lieber auf den Kriegsdorf konzentrieren – oder was meinst du?"
Ich zuckte mit den Schultern. „Was weiß ich. Kann schon sein", sagte ich ziemlich niedergeschlagen.
„Pass mal auf, was ich über den alles rausgefunden hab."
In diesem Moment betrat Karl-Heinz unser Büro. „'n Morgen zusammen. Dario, du wolltest eben, dass ich zu euch komme? Was gibt's denn?", wollte unser MK-Leiter wissen.
„Ich hab mich ja mal ein bisschen über Ewald-Rüdiger Kriegsdorf schlaugemacht. Seine Kriminalakte konnte ich mir leider nicht ziehen, da seinerzeit der Staatsschutz gegen ihn ermittelt hat und diese Akten ja bekanntermaßen unter Verschluss stehen. Aber ich hab 'nen Termin mit dem Christoph Päffgen vereinbart. Wir sollen den nachher besuchen."

Nach der Frühbesprechung machten wir uns kurz vor neun zu zweit auf den Weg in den Gebäudeteil des Präsidiums, der die Unterabteilung „Polizeilicher Staatsschutz" beherbergte.
Wir klopften an der Bürotür des Kriminalhauptkommissars Christoph Päffgen, der für das Kriminalkommissariat 2 des Staats-

schutzes arbeitete. Dieser war für die Verfolgung rechts- und linksextremistischer sowie fremdenfeindlicher Straftaten zuständig.
So betraten wir das Büro des gemütlichen Rheinländers, der für die „Sachbearbeitung Rechtsextremismus" verantwortlich zeichnete.
Auch wenn Kollege Päffgen gerade mal Mitte vierzig war, entsprach sein äußeres Erscheinungsbild mit den ungekämmten dunkelblonden Haaren, der Horn-Goldrand-Brille mit riesigen Gläsern und der viel zu kurzen Jeans mit Bügelfalte eher einem Rentner. Sein besonderes Markenzeichen waren die Birkenstock-Sandalen, die er immer trug, sobald er im Büro verweilte.
Christoph begrüßte uns mit seinem rheinisch gefärbten Singsang: „Morjen, die Herren, schön, dat ihr hier seid!"
Wir erwiderten die Begrüßung ebenso freundlich. Christoph bot uns Stühle an und begann ohne Umschweife mit der Besprechung.
„Also, ihr seid ja wegen dem Kriegsdorf hier – dat es 'n Typ."
„Na, dann erzähl mal, was du über den weißt", forderte ich ihn auf.
„Na, der Typ hat wirklich schon einiges auf dem Kerbholz! Aber der Reihe nach. Also: Ewald-Rüdiger Kriegsdorf, geboren am 14.03.1945 in Odenthal. Vater in russischer Kriegsgefangenschaft verstorben, Mutter Hauswirtschafterin. Sie hat Kriegsdorf allein großgezogen. Nach der Volksschule Lehre als Schlosser bei der Klöckner-Humboldt-Deutz AG. Bei diesem Unternehmen blieb er dann auch bis zu seinem krankheitsbedingten Ausscheiden 1992. Er hat sich bei einem Betriebsunfall eine schwere Augenverletzung zugezogen und ist seitdem auf einem Auge vermindert sehfähig. War nie verheiratet, hat auch keine Kinder.
Tja, und jetzt kommt der interessante Teil: Er hat von der KHD-Betriebsleitung mehrere Abmahnungen bekommen und stand ein paarmal ganz kurz vor der Entlassung, da er immer wieder ausländische Kollegen beschimpft und schikaniert hat. Ende der Siebzigerjahre trat er einer bekannten rechtsradikalen Partei bei,

für die er bei Versammlungen immer wieder als Redner auftrat. Mehrere Bewährungsstrafen wegen Volksverhetzung und Körperverletzung. Er verteilte zum Beispiel auf der Schildergasse und in anderen Fußgängerzonen Flugblätter, auf denen der Holocaust geleugnet wurde, und griff türkische Mitbürger auf der Straße an. Er bespuckte und beschimpfte sie und wurde manchmal auch handgreiflich." Christoph machte eine kleine Pause und erzählte uns dann, dass Kriegsdorf letztmalig im Juni 1998 vom Landgericht Köln wegen des Falls bei der Jahreshauptversammlung des Kleingärtnervereins, von dem uns schon Erich und Hartmut berichtet hatten, zu zweieinhalb Jahren Haft – diesmal endlich ohne Bewährung – verurteilt worden war, die er im Klingelpütz absaß. „Im Dezember 2000 wurde er entlassen und ist seitdem nicht mehr auffällig geworden. Ich hab seinerzeit die Ermittlungen gegen ihn geleitet."
„Meinst du, Kriegsdorf wäre dazu imstande, jemanden umzubringen?", wollte ich wissen.
„Ich hab den damals im Laufe der stundenlangen Vernehmungen als sehr gestörten und aufbrausenden Menschen kennengelernt. Deshalb wurde ja auch ein psychiatrisches Gutachten in Auftrag gegeben, um seine Schuldfähigkeit zu überprüfen. Trotz der Feststellungen hielt der Psychologe ihn für schuldfähig."
„Was genau hat der Psychologe denn herausgefunden?", fragte Dario.
„Wie gesagt, Kriegsdorf wurde von seiner Mutter allein großgezogen. Seine Mutter war seitdem seine Hauptbezugsperson. Man hatte bei ihm einen ausgeprägten Ödipuskomplex festgestellt. Gepaart mit seiner paranoiden Verhaltensstörung und der darauf fußenden starken Xenophobie eine durchaus gefährliche Mischung."
„Xenophobie? Was ist das denn?", fragte ich.
„Fremdenfeindlichkeit."
Christoph fuhr fort: „Kriegsdorf und seine Mutter lebten immer sehr zurückgezogen, sie hatten und haben kaum soziale Kontak-

te. Deshalb stand er allem Unbekannten und Neuen kritisch – ja, feindselig gegenüber. Überall sah er Verschwörungen und mögliche Anfeindungen gegen die angeblich ‚heile Welt', in der er mit seiner Mutter lebt. Also wenn ihr mich fragt, ist der Typ durchaus in der Lage, außer Kontrolle zu geraten und die Beherrschung zu verlieren."
Ich erinnerte mich an Marcos Bericht, wonach der Täter aus großer Wut heraus zugeschlagen hatte.
Um einiges schlauer verließen wir Christophs Büro.
Wir informierten Karl-Heinz und den Rest der Truppe über unsere neuesten Erkenntnisse. „Der Psychologe hat bei ihm unter anderem eine stark ausgeprägte Xenophobie festgestellt."
„Na, das ist doch das, was ihr Kölner gegenüber uns Bergheimern empfindet", warf Marco in den Raum und sorgte damit für allgemeines Gelächter.
Karl-Heinz bat Dario und mich, Ewald-Rüdiger Kriegdorf, von dem wir wussten, dass er mit seiner Mutter in der Slabystraße in unmittelbarer Nachbarschaft der Riehler Heimstätten wohnte, einen Besuch abzustatten und zur erneuten Vernehmung aufs Präsidium mitzunehmen.
So machten Dario und ich uns auf den Weg in den Stadtteil Riehl. Die kleine Straße, die nur aus einem Häuserblock mit sechs dreigeschossigen Altbauten bestand, konnte nur von der Mülheimer Brücke aus oder über das Gelände des städtischen Seniorenzentrums, besser bekannt unter seinem volkstümlichen Namen „Riehler Heimstätten", erreicht werden.
Wir parkten den Scorpio auf der anderen Straßenseite direkt neben der Mauer des Seniorenzentrums. Parkplatzmangel herrschte in dieser kleinen gottverlassenen Straße nun wirklich nicht. Ich stupste Dario an. „Schau mal! Da ist ja unser Ewald-Rüdiger!" Ich deutete auf das ungleiche Paar, das aus dem tristen Altbau mit bröckelndem Putz auf der gegenüberliegenden Straßenseite trat.
Kriegdorf hatte einen Schirm aufgespannt und stützte seine gebrechliche Mutter, die sich kaum auf den Beinen halten konnte.

Galant führte er sie zu einem alten Audi 100 und öffnete ihr die Beifahrertür.
„Komm, wir gehen!" Dario und ich liefen durch den strömenden Regen. Ich spürte, wie der Wolkenbruch meine Jeansjacke durchnässte.
„Herr Kriegsdorf?", rief ich auf halber Strecke. Feindselig starrte er mich an, als er seiner Mutter, die gerade Platz genommen hatte, den Sicherheitsgurt reichte.
„Sie schon wieder. Was wollen Sie denn? Und wer ist der andere Kerl?", fauchte er mich an.
„Das ist Kriminalkommissar Zimmermann."
„Ausweis!", befahl Kriegsdorf.
Dario sah mich ratsuchend an, ich nickte jedoch nur zustimmend. Mein Kollege reichte Kriegsdorf seinen neuen Dienstausweis, der von dem unter Verfolgungswahn leidenden Neonazi alsdann genauestens in Augenschein genommen wurde.
„Na ja, immerhin sieht Ihnen der Mann auf dem Bild ähnlich", sagte er zu Dario und sah mich vorwurfsvoll an. „Also: Was wollen Sie? Ich muss mit meiner Mutti einkaufen gehen."
„Wir haben noch einige Fragen an Sie bezüglich des Todes von Faruk Al-Hafez."
„Was hab ich denn mit diesem Kameltreiber zu tun? Ich hab doch Ihrem Kollegen Schütz vorgestern schon alles gesagt. Aber wissen Sie, was: Gut, dass sich einer die Finger schmutzig gemacht und den Kerl aus dem Weg geräumt hat! Wieder einer weniger!"
„Was fällt Ihnen denn ein?! Sind Sie vollkommen übergeschnappt, oder was?!", schrie ich Kriegsdorf an. „Am liebsten würd ich Ihnen für diesen Spruch eine reinschlagen, Sie ..."
„Halt die Luft an, Pitter! Der Typ ist's nicht wert!"
Bevor ich diesem miesen Penner ein mehr als übles Schimpfwort entgegenschmettern konnte, hatte mich Dario an der Schulter gepackt und mir Einhalt geboten.
Ich wusste, dass mein Verhalten in diesem Moment alles andere als professionell war – aber solche Sprüche kann ich halt auf den Tod nicht ausstehen.

Kriegsdorf blinzelte mich an. „Na, trauen Sie sich doch, Sie Feigling! Kommen Sie! Ich halte Ihnen sogar meine Wange hin!"
Dieser Idiot trat tatsächlich einen Schritt in meine Richtung und streckte mir seine linke Gesichtshälfte entgegen.
„Na los, schlagen Sie schon zu! Oh, ihr verfluchten Polizisten! Versteckt euch hinter euren Uniformen und Ausweisen! Feiglinge und Idioten! Mehr seid ihr nicht! Ausländer packt ihr mit Samthandschuhen an! Aber ehrliche Deutsche – die könnt ihr in den Knast stecken! Schlag schon zu, du lausiger Bullenarsch!"
Hätte mich Dario nicht mit ganzer Kraft zurückgehalten, wäre ich wahrscheinlich auf Kriegsdorfs verlockendes Angebot eingegangen. Ich atmete schwer und spürte, wie mein Kopf vor kochender Wut rot anlief.
Dario, der in solchen Situationen immer äußerst rational und überlegt handeln konnte, versuchte nochmals, mit diesem Naziarsch vernünftig zu reden. „Herr Kriegsdorf, ich bitte Sie! Seien Sie doch vernünftig! Wenn Sie sich nicht sofort bei meinem Kollegen entschuldigen, müssen wir Anzeige wegen Beleidigung erstatten."
In diesem Moment schlug Kriegsdorf zu. Er holte mit geballter Faust weit aus und traf Dario mit voller Wucht seitlich auf dem Nasenbein. Die Brille meines Kollegen wurde von seiner Nase geschleudert und landete scheppernd auf dem nassen Asphalt. Dario schrie auf, taumelte einen Schritt zur Seite und fiel hin – wobei er sich fatalerweise mit dem Handgelenk abstützte.
Als Kriegsdorf ansetzte, dem am Boden liegenden Kollegen auch noch einen Tritt in die Rippen zu verpassen, hob ich mein Knie an und trat ihm mit aller Kraft meiner angestauten Wut in seine ohnehin unnützen Eier. Wimmernd krümmte sich der Frührentner vor Schmerz und beugte sich reflexartig nach vorn.
Erbarmungslos packte ich ihn an Unterkiefer und Hinterkopf, machte einen ruckartigen Schritt zurück und riss ihn damit zu Boden, wobei auch seine Brille zu Boden fiel und zersprang. Ich drehte ihm einen Arm auf den Rücken, forderte ihn auf, auch sei-

nen zweiten Arm auf den Rücken zu legen, und legte ihm Handschellen an, die ich nach ihrem klickenden Einrasten arretierte.

„Und, jetzt zufrieden, du blödes Arschloch?", schrie ich ihm ins Ohr, während er sich vor Schmerzen die Augen aus dem Kopf heulte.

Auch Dario hatte schmerzbedingte Tränen in den Augen, als er aufstand und recht wacklig neben mich trat. Er bot mit seinem gekrümmten Nasenbein, dem blau angelaufenen Jochbein und dem Blut, das unaufhörlich aus seiner Nase lief, einen erbarmungswürdigen Anblick. Dazu kam noch die unnatürlich abgewinkelte rechte Hand, die das Schlimmste erahnen ließ.

Mein Kollege wimmerte vor sich hin und war nicht imstande, auch nur einen Ton zu sagen. Eine ganze Weile starrten wir uns an, während ich Kriegsdorf mit meinem Knie in seinem Nacken auf dem Boden fixierte. Dieser Idiot jammerte immer noch: „Bitte! Sie tun mir weh! Aufhören!"

Aber das überhörte ich in dieser Situation nur allzu gern. Kriegsdorf konnte froh sein, das ich ihn „nur" abgelegt hatte. Wenn es nach mir gegangen wäre, hätte ich dem Kerl noch ein paar Boxschläge versetzt, die er so leicht nicht vergessen würde ...

Ich holte mein Handy aus der Tasche und rief den Notarzt.

Inzwischen hatte es Frau Kriegsdorf geschafft, aus eigener Kraft aus dem Auto zu steigen, und trat neben uns. „Was machen Sie da mit meinem Jungen, Sie Schwein?!"

Sie hob ihren Regenschirm und wollte auf mich losgehen. Dario, der immer noch weinte, nahm seine letzte Kraft zusammen und schlug der betagten Frau, die in puncto Aggression ihrem Sohn in nichts nachzustehen schien, den Schirm aus der Hand.

„Was fällt Ihnen denn ein, Sie Rotzbengel?", rief sie und wollte meinen armen Kollegen am Kragen packen.

Jetzt reichte es mir. Ich sprang auf, packte die Frau an den Schultern und schüttelte sie durch. „Halten Sie gefälligst Ihre Klappe! Sehen Sie lieber mal, was Ihr ‚Junge' mit meinem Kollegen gemacht hat!"

Wahrscheinlich entsprach mein Verhalten dieser alten Dame gegenüber nicht gerade den Dienstvorschriften. Aber in jener Situation, die von Wut, Entsetzen und Adrenalin geprägt war, fiel es mir schwer, die Fassung zu wahren.
Außerdem zeigte meine Vorgehensweise Wirkung. Frau Kriegsdorf verstummte und machte sich kopfschüttelnd auf den für sie beschwerlichen Rückweg in die Wohnung.
„So, steh auf, du Jammerlappen!" Ich zerrte Kriegsdorf hoch und führte ihn zu unserer alten Karre, wo ich ihn auf die Rückbank verfrachtete.
Dario lehnte sich an die Motorhaube und versuchte mit einem Taschentuch die Blutung zu stillen. Inzwischen waren sowohl sein T-Shirt als auch seine Jeansjacke blutdurchtränkt.
Ich legte einen Arm um ihn. „Kannst du's noch aushalten, Jung?"
Aber er nickte nur stumm. Tränen standen in seinen Augen.
Keine vier Minuten später traf der von mir alarmierte Notarzt in Begleitung eines Rettungswagens ein.
Während der Wartezeit hatte Dario kein einziges Wort gesprochen, sich wie in Trance die Hand festgehalten.

Die beiden Rettungssanitäter fuhren Dario auf Anraten des Notarztes ins St. Vinzenz-Hospital nach Nippes, wo er ambulant behandelt werden sollte. Zwar hatte ich ihm angeboten, ihn zu begleiten, aber er bestand darauf, dass ich mich lieber um Kriegsdorf kümmern sollte. „Sorg dafür, dass dieses Schwein einwandert! Ich komm schon klar!"
So rief ich die Leitstelle an, die mir einen silber-grünen Passat Variant der Polizeiinspektion Nordwest schickte, um Kriegsdorf ins Präsidium zu verfrachten.
Als der Neonazi von dem alternden Hauptmeister und dem jungen Kommissar auf die Rückbank des Einsatzfahrzeugs verfrachtet wurde, sah er uns der Reihe nach hasserfüllt an. „Irgendwann

wird unsere Stunde schlagen! Dann werden Volksverräter wie Sie Ihre Rechnung begleichen müssen!"

„Schon klar!", sagte der Polizeihauptmeister, nickte mir aufmunternd zu und nahm neben Kriegsdorf Platz. Im Konvoi fuhren wir ins Präsidium, wo ich mich wieder des Missetäters annahm und mich gemeinsam mit ihm auf den Weg zu unserem Kommissariat machte.

Meine drei verbliebenen MK-Kollegen Karl-Heinz, Thorsten und Marco staunten nicht schlecht, als ich mit dem gefesselten Kriegsdorf untergehakt den Flur betrat.

„Wieso hast du den denn festgenommen?", wollte Karl-Heinz wissen. „Und wo ist Dario?"

„Dieses Arschloch hier hat Dario angegriffen und krankenhausreif geschlagen. Der arme Kerl ist mit 'nem Nasenbein- und 'nem Handbruch im Vinzenz-Hospital in Nippes."

„Das ist jetzt nicht wahr, oder?!"

Kollege Zimmermann war damit bereits das dritte Opfer aus unseren eigenen Reihen, das die laufenden Ermittlungen gefordert hatten.

Thorsten und Karl-Heinz begleiteten uns in mein Büro.

Ich sah die vielen Bilder, die an der Wand hingen und Dario mit seinen Kameraden von den Gebirgsjägern zeigten. Wie mochte es meinem sympathischen Bürokollegen jetzt wohl gehen? Selbstverständlich würde ich ihn sofort nach Dienstschluss besuchen.

Während ich Darios Verlobte Beate anrief und ihr schweren Herzens mitteilte, dass er im Krankenhaus war, öffnete Thorsten die Handschellen, die ich Kriegsdorf angelegt hatte.

„Oh Gott! Hat's ihn denn wirklich so schlimm erwischt?", hörte ich Beate am anderen Ende der Leitung hysterisch ins Telefon brüllen, wobei ich Kriegsdorf beobachtete. Der sah mich vorwurfsvoll an und rieb sich die blutunterlaufenen Striemen an seinen Handgelenken.

„Der Notarzt meinte, dass die Brüche ambulant im Krankenhaus behandelt werden sollten."

„Habt ihr denn das Schwein, das das meinem Dario angetan hat?"
„Natürlich!"
„Dann geht bloß nicht zu zimperlich mit ihm um!"
„Mach dir darüber mal keine Sorgen!" Beate wollte sofort ins Krankenhaus und verabschiedete sich von mir.
Auf Darios Platz hatte sich Karl-Heinz gesetzt, während Thorsten auf dem Schreibtisch saß. Hinter ihm stand Marco und hatte die Arme vor der Brust verschränkt. Er fixierte den Beschuldigten mit finsterem Blick. Aber auch alle anderen Blicke ruhten auf Kriegsdorf, dem man einen Besucherstuhl gebracht hatte.
Kriegsdorf starrte uns der Reihe nach an. Während ich seinen widerlich überlegenen Gesichtsausdruck betrachtete, der nicht mal ansatzweise von Reue oder Schuldgefühlen geprägt war, kreisten meine Gedanken um Dario. Wie mochte es ihm jetzt wohl gehen? Je länger ich in der Gesellschaft dieses Psychopathen bleiben musste, umso übler wurde mir. Am liebsten hätte ich diesen Abschaum in ein dunkles Kellerloch gesperrt und den Schlüssel verloren.
Eine ganze Weile sagte niemand einen Ton. Inzwischen war es kurz nach elf.
„Was soll ich eigentlich hier?", wollte Kriegsdorf auf einmal wissen.
„Diese Frage war ja jetzt wohl nicht ernst gemeint!", schrie ihm ein sichtlich erregter Karl-Heinz entgegen. „Mal ganz abgesehen von der Anzeige, die Sie wegen Körperverletzung an unserem Kollegen Zimmermann erwartet, haben wir noch einige Fragen wegen des Tötungsdelikts zum Nachteil Faruk Al-Hafez'."
Kriegsdorf sprang wie von der Tarantel gestochen auf und hämmerte mit geballten Fäusten wie besessen auf den Schreibtisch. „Was wollt ihr Idioten denn noch für Fragen stellen? Damit ihr's wisst: Ich hab den Kameltreiber umgebracht! Und ich bin verdammt stolz drauf!"
Thorsten, Marco, Karl-Heinz und ich sahen uns erstaunt an. Zu-

nächst wollte ich nicht glauben, was ich da gerade gehört hatte.
Rückblickend denke ich, dass es meinen beiden Kollegen ähnlich ging. Niemand von uns hatte mit dieser überraschenden Wende in diesem Fall gerechnet. Dementsprechend angespannt war die Atmosphäre in meinem Arbeitszimmer. Man hätte eine Stecknadel fallen hören können.
Karl-Heinz stand auf und beugte sich zu Kriegsdorf herab, den diese ganze Szenerie zu amüsieren schien.
„Wie ist es zu dieser Tat gekommen?", wollte er wissen und durchbohrte den rechtsradikalen Frührentner mit seinem eiskalten Blick.
Aber Kriegsdorf zuckte nur mit den Schultern und lehnte sich zurück. „Ich denke, dass Ihnen das doch egal sein kann. Ich habe diesen Kaffer getötet und dazu stehe ich – zum Rest verweigere ich die Aussage. So, und jetzt möchte ich in meine Zelle geführt werden!"
Ein derartiges Geständnis hatte ich bislang noch nicht miterlebt! Aber zu diesem Zeitpunkt blieb uns nichts anderes übrig, als Kriegsdorfs Wunsch zu respektieren. Karl-Heinz sprach ihm die vorläufige Festnahme wegen des dringenden Tatverdachts des Tötungsdelikts zum Nachteil Al-Hafez' aus. Während Karl-Heinz zum hunderttausendsten Mal seinen Belehrungsspruch herunterleierte, wurde Kriegsdorf auf seinem Stuhl mit stolzgeschwellter Brust immer größer. Er kam sich wohl wie ein Märtyrer vor, der sich für eine großartige Sache opferte.
Ich kümmerte mich derweil um den Papierkram, den die Festnahme Kriegsdorfs und sein Geständnis mit sich brachten.

„Soll ich den Kriegsdorf jetzt ins PG bringen?", fragte Thorsten, nachdem ich die Formulare ausgefüllt und Kriegsdorf sein Vernehmungsprotokoll unterschrieben hatte.
„Keine schlechte Idee, Jung."
„Ich werde dich begleiten", schlug Marco vor.
Kriegsdorf lächelte selbst dann noch triumphierend, als er von

meinen beiden Mitstreitern zur Tür hinaus geführt wurde. Sie brachten ihn ins PG, also ins Polizeigewahrsam, das in unserem PP-Gebäude einen Zellentrakt für vorläufig festgenommene und vorübergehend in Gewahrsam genommene Personen betrieb.
Nach gut zwanzig Minuten waren meine beiden Kollegen zurück.
„Was sagt ihr zu der ganzen Geschichte?", wollte ich von Karl-Heinz, Marco und Thorsten wissen.
„Jetzt bin ich schon über zweiundvierzig Jahre Polizist – aber so was ist mir noch nicht passiert!", meinte Karl-Heinz, der nur noch etwas mehr als ein Jahr bis zu seiner Pensionierung hatte. „Seltsam ist nur, dass Kriegsdorf keine Angaben zum Tathergang machen wollte."
„Trotzdem mussten wir ihn festnehmen. Immerhin hat er die Tat gestanden. Ich werde mich sofort mit Doktor Müller in Verbindung setzen. Soll der sich doch um alles Weitere kümmern. Vor allem müssen wir seine Wohnung und die Gartenlaube durchsuchen." Mit diesem Satz verließ Kollege Schütz das Büro.
Der Rest dieses Tages war von hektischen Anrufen unseres sonst so lethargischen Staatsanwaltes, des Gruppenleiters Fahnenschmidt und weiterer Führungskräfte des Präsidiums geprägt. Alle wollten im Hinblick auf diese sensationelle Neuigkeit, die sich wie ein Lauffeuer in den postmodernen Gemäuern unseres Präsidiums verbreitete, auf den aktuellsten Stand gebracht werden. Marco, Ralf und Hacki kümmerten sich um die Durchsuchungen. Aber das interessierte mich alles herzlich wenig. Ich musste mich regelrecht dazu zwingen, weiter durchzuhalten und mich auf meine Arbeit zu konzentrieren. Schließlich hatte einer meiner besten Kollegen den hohen Preis für die neuesten Ermittlungsergebnisse mit seiner Gesundheit bezahlt. Dieser Gedanke machte es mir unmöglich, mich über dieses Resultat unserer Arbeit auch nur annähernd zu freuen.
Ich rief Dario an, der mir mitteilte, dass seine Nase und seine Hand geschient worden waren und er sich jetzt zuhause befand.

Als ich nach der Abschlussbesprechung kurz nach sieben – Marco, Ralf und Hacki hatten weder in Kriegsdorfs Wohnung noch in seiner Gartenlaube etwaige Hinweise finden können, die auf seine Täterschaft deuteten – meinen Kram zusammenräumte, stand der Düsseldoofe im Türrahmen. „Besuchst du jetzt Dario?", wollte er wissen.
„Natürlich!"
„Dann komm ich mit."
So fuhren wir gemeinsam in die Florastraße nach Nippes, in der Beate und Dario eine hübsche Eigentumswohnung besaßen.
Beate öffnete uns die Wohnungstür und führte uns ins Wohnzimmer, wo Dario, dessen Nase in einem dicken Verband steckte und dessen rechte Hand eingegipst war, auf der Couch lag und fernsah. Er sah uns freudig überrascht an – auch wenn sein Lächeln etwas gequält wirkte. „Na Jungs, was wollt ihr denn hier?", fragte er, während uns Beate, die ihre kastanienroten Haare zu einem Zopf zusammengebunden hatte, eine Flasche Mineralwasser mit zwei Gläsern holte.
„Wir müssen doch mal sehen, wie's dir so geht. Aber wenn ich mir das hier so ansehe, scheint's dich ja gar nicht so schlimm erwischt zu haben."
Dario winkte ab. „Hör bloß auf! Ich mach lieber zehn Überstunden, bevor ich mir auch nur zehn Minuten diese beschissenen Seifenopern und Talkshows ansehen muss! Hat dieses Arschloch noch irgendwas gesagt?"
Beate ergriff Darios Hand. „Liebling, das kann dir doch im Moment egal sein. Werd erst mal wieder gesund!", warf sie besorgt ein.
„Beate hat recht. Ruh dich aus, Jung. Das ist wichtiger!"
„Ich will's aber wissen!"
So berichteten Thorsten und ich von Kriegsdorfs Geständnis und seiner Festnahme. Dario schüttelte den Kopf und wollte nicht so recht glauben, was er da vernahm.

Thorsten und ich blieben etwa zwei Stunden, bevor wir uns verabschiedeten. Während der gesamten Zeit unseres Besuchs wich Beate nicht von Darios Seite. Mit einem Lächeln saß sie die ganze Zeit über am Couchrand und hielt seine Hand. Sie kümmerte sich rührend um ihren Verlobten, der nur auf Grund seines beruflichen Engagements in diese missliche Lage geraten war.
Ich muss zugeben, dass ich Dario um Beate beneidete. Unwillkürlich stellte ich mir die Frage, wer sich eigentlich um mich kümmern würde, falls mir etwas Ähnliches passierte.
Die Antwort war ziemlich einfach: Niemand.
Ich stand ganz allein da. Diese Erkenntnis war mehr als bitter. Sie war die Kraft, die mich dazu antrieb, mich in den darauffolgenden Stunden in der Traditionskneipe *Em golde Kappes* auf der Neusser Straße zuzusaufen. Während sich Thorsten auf den Heimweg zu seiner Frau Sibylle in die Südstadt gemacht hatte und Dario von seiner Verlobten umsorgt wurde, saß ich an der Theke der urkölschen Kneipe inmitten eines der urkölschesten Veedel und betrank mich. Der Köbes scheute sich nicht, mir immer wieder Nachschub zu bringen – auch nicht, als ich den Bierdeckel fast rund und mindestens ein Dutzend Klare getrunken hatte.
Je länger ich auf dem unbequemen Holzhocker in der verrauchten Schankstätte saß, umso schlechter fühlte ich mich. Rings um mich herum vernahm ich lautstarke Stimmen, die einträchtig miteinander um die Wette lachten. Für mich war in dieser vergnügten Runde kein Platz. Obwohl ich dem gut gelaunten Köbes ein „Noch eins!" entgegenschmetterte, war nur noch meine äußere Hülle anwesend. Meine Gedanken hingegen galten Maria, von der ich einfach nicht loskam. Wieso hatte sie mir so wehgetan? Ich konnte und wollte es nicht begreifen. Sicher, wir waren geschieden – aber war das ein Grund, mich derart abblitzen zu lassen? Nein, das durfte nicht sein.

Als ich irgendwann nach zehn meine Rechnung bezahlte und mir ein Taxi nahm, war ich davon überzeugt, Maria mit einem Ge-

spräch davon überzeugen zu können, zu mir zurückzukommen.
So lallte ich dem Taxifahrer mein Fahrtziel, die Kleiststraße 16 im Kölner Stadtteil Weiden, entgegen.
Ich sprang über die niedrige Hecke im Vorgarten und stand unter dem Erdgeschossbalkon, der zu Marias Eigentumswohnung gehörte. Schwerfällig kletterte ich über die Brüstung.
Der Anblick, der sich mir jenseits der hell erleuchteten Balkontür bot, raubte mir den Atem. Obwohl mein Kopf Karussell fuhr und ich angesichts des fortgeschrittenen Alkoholpegels nicht mehr klar denken konnte, erkannte ich dennoch Maria, die bei Kerzenschein auf ihrer Couch lag und von diesem blöden Schnösel Stefan, der mich bereits um die Freude an Marcels Gartenparty gebracht hatte, im Arm gehalten wurde. Zärtlich küsste er ihr goldglänzendes Haar. Sie streichelte ihm ähnlich liebevoll über die Wange und zog sein Gesicht in Richtung ihrer Lippen.
Wie lange war es eigentlich her, dass sie mich derart umgarnt hatte? Wenn es überhaupt jemals stattgefunden hatte, musste es mehr als eine Ewigkeit her sein.
Was dann folgte, werde ich wohl Zeit meines Lebens bereuen. Ich hämmerte wie besessen gegen die Glastür, die von Marias geschmackvoll eingerichtetem Wohnzimmer auf den kleinen Balkon vor ihrer Wohnung führte.
„Maria! Mach auf! Ich muss mit dir reden!" Durch meinen verschleierten Tunnelblick bemerkte ich, dass sich Maria und Stefan entsetzt ansahen und fluchtartig das Wohnzimmer verließen, bevor das Licht erlosch.
„Jetzt mach endlich auf, du blöde Kuh – oder ich komm rein!", schrie ich und trat gegen die Glastür, die – Gott sei Dank – meinen wiederholten Attacken standhielt. Ich klopfte und kauerte eine ganze Zeit lang an der Balkontür, bis im Wohnzimmer wieder das Licht anging.
Maria sah mich fast schon hasserfüllt an, als sie die Tür aufriss.
„Was fällt dir eigentlich ein?! Ich glaube, du hast sie nicht mehr alle! Verschwinde! Ich will dich nie wiedersehen! Hast du mich verstanden?"

„Aber ..." Weiter kam ich nicht. Maria schlug die Tür so heftig zu, dass sie fast gegen meine Stirn geprallt wäre.
Ratlos und verzweifelt irrte ich durch die wie ausgestorben wirkenden Straßen des noblen Stadtteils Weiden, bis ich an einer Bushaltestelle auf der Aachener Straße angekommen war.
Von meinen Wutausbrüchen erschöpft, sank ich schließlich auf die unbequeme Plastikbank im Wartehäuschen und schlief ein.
„Hallo! Hören Sie mich?!", schrie mich eine schrille Stimme an, die sehr besorgt klang. Ich öffnete die Augen und sah mich einer korpulenten Frau gegenüber, die sich zu mir herabgebeugt hatte und mich mit sorgenvollem Blick ansah. Im Hintergrund hörte ich das typische Nageln eines Mercedes-Diesels.
„Hey! Geht's Ihnen gut?", fragte sie mich mit aufdringlichem Pfefferminzatem.
„Bei mir ist alles klar", lallte ich.
„Na, das seh ich ja. Kommen Sie! Sie können hier doch nicht liegenbleiben!", sagte mein Gegenüber und zerrte mich an der Schulter hoch. Die Frau mit den extrem kurzgeschnittenen dunkelblonden Haaren und der strengen Hornbrille war mindestens einen halben Kopf größer als ich.
„Sie haben wohl ein bisschen zu viel getrunken, was?!", hörte ich sie fragen. Noch ein wenig benommen, rang ich nach den passenden Worten. Mir war das alles einfach nur peinlich. „W-w-wie kommen Sie denn darauf?", stammelte ich.
„Weil Sie wie 'ne komplette Schnapsfabrik stinken! Und weil Sie mitten in der Nacht an einer Bushaltestelle schlafen." Die resolute Frau lächelte. „Na, komm schon, Jung, ich bring dich heim."
Sie verfrachtete mich auf die Rückbank ihres elfenbeinfarbenen Taxis. Im Radio sang Andrea Berg einen ihrer größten Hits, „Die Gefühle haben Schweigepflicht".
„Was hast du denn, Jung?", fragte die Taxifahrerin und beobachtete mich im Rückspiegel.
„Ach, nix. Nur 'n bisschen zu viel getrunken."
„Ist klar", sagte sie kopfschüttelnd und ließ mich für den Rest der Fahrt schlafen.

Nachdem ich gegen zehn vor zwei zuhause angekommen war, ließ ich mich auf mein kaltes Bett fallen und schlief ein.

Jetzt war mir klar, dass ich nicht nur Maria für immer verloren hatte, sondern auch das winzige Restchen Selbstachtung, das mich bislang davon abgehalten hatte, mein Leben als einzigen großen Scheißhaufen zu betrachten. Zu diesem Zeitpunkt wusste ich nicht, ob ich jemals die Kraft besitzen würde, aus diesem Teufelskreis wieder ausbrechen zu können.

Seltsamerweise wurde ich am nächsten Morgen pünktlich wach. Trotzdem war es eine Qual, zum Dienst gehen zu müssen. Ich schämte mich für meinen Aggressionsausbruch und mein Herumlungern an der Bushaltestelle – mehr, als ich es selbst heute zu beschreiben vermag.

Weder die Kaffeerunde mit meinen beiden Kollegen noch die Tatsache, dass Karl-Heinz bei der Frühbesprechung von dem Vorführungstermin Kriegsdorfs vor dem Haftrichter berichtete, der für zwei Uhr avisiert war, konnten mich aufmuntern.

Wie sehr musste mich Maria denn nun verachten? Das war die einzige Frage, die mich für den Rest des Vormittags beschäftigte – bis zu dem Zeitpunkt, als Karl-Heinz um zehn mein Büro betrat und mich bat, ihn in sein Arbeitszimmer zu begleiten. Dort hatte sich neben seinem „Zimmergenossen" Thorsten ein hagerer weißhaariger Mann mit Linksscheitel, Hornbrille und edlem dunkelgrauen Zweireiher eingefunden.

„Pitter, das ist Herr Doktor Siegfried Heidrich. – Herr Doktor Heidrich, das ist Kriminaloberkommissar Merzenich, einer der Ermittlungsbeamten unserer Mordkommission."

„Sehr erfreut", sagte der tadellos gepflegte Mann, stand auf und reichte mir mit einem Lächeln auf den schmalen Lippen die Hand.

„Herr Doktor Heidrich kann uns einiges zu der aktuellen Entwicklung unseres Falles sagen."

Was meinte Karl-Heinz denn damit? Aber der ältere Herr, den die Aura eines Gentlemen umgab, sollte mir nicht lange eine Antwort schuldig bleiben.

„Entschuldigen Sie bitte, dass ich Sie Ihrer wertvollen Zeit beraube. Ich glaube jedoch, eine Information für Sie zu haben, die – wenn Sie mir diese Unbescheidenheit erlauben – für Ihre weiteren Ermittlungen von alleräußerster Relevanz sein dürfte."
Dr. Heidrich genoss es sichtlich, dass drei Augenpaare wie gebannt auf seinen Lippen ruhten. „Sehen Sie, als Hausarzt von Frau Kriegsdorf bin ich seit geraumer Zeit ein enger Vertrauter der Familie. Auf Grund dieses Umstandes rief mich Frau Kriegsdorf gestern Nachmittag völlig aufgelöst an, um mir mitzuteilen, dass ihr Sohn wegen Mordverdachts festgenommen worden sei. Sie hatten ja ihre gemeinsame Wohnung durchsucht. Berichtigen Sie mich bitte, wenn ich einem Irrtum unterliege – aber Frau Kriegsdorf glaubte sich erinnern zu können, dass das bedauernswerte Opfer in der Nacht von Samstag auf Sonntag getötet wurde?"
Thorsten, der den Bürosessel fast zu einem Liegestuhl umfunktioniert hatte, verschränkte die Arme im Nacken und antwortete dem ergrauten Arzt: „Stimmt. Der Tod trat am 6. September zwischen halb zehn und halb zwölf Uhr abends ein. Aber wenn ich Sie korrigieren darf: Wir ermitteln offiziell wegen eines Tötungsdelikts. Ob es sich hierbei tatsächlich um einen Mord im juristischen Sinne handelt, bleibt zu klären."
Dr. Heidrich klopfte sich wie ein freudiges Kind auf die bügelgefalteten Hosenbeine. „Natürlich. Aber dann kann Herr Kriegsdorf gar nicht der Täter sein!"

Zum zweiten Mal in zwei Tagen sahen sich Thorsten, Karl-Heinz und ich verdutzt an.
„Was meinen Sie denn damit? Wenn Sie mich fragen, ist dieser Verrückte ein psychopathischer Nazi. Er hat die Tat gestanden. Ich wüsste nicht, was Sie da zu seiner Entlastung vorbringen könnten."
„Ich kann Ihre Erregung nur allzu gut nachvollziehen. Jedoch vertritt Herr Kriegsdorf in Bezug auf die aktuelle Ausländerpolitik unserer Regierung einige Meinungen, die eine breite Masse der Bevölkerung durchaus teilt."

Ich schüttelte den Kopf und winkte ab.

„Herr Merzenich: Wenn ich von der Integrität dieses Mannes nicht überzeugt wäre, hätte ich ihn wohl kaum gebeten, vergangenen Samstag auf unserer Versammlung als Gastredner aufzutreten."

„WAS??? Den haben Sie WAS machen lassen? Ist nicht Ihr Ernst, oder?!"

„Doch, doch. Ich bin der Vorsitzende des *Christlichen Kulturbündnisses Freier Kölner Bürger e.V.* Wir setzen uns für die Wahrung der christlich-abendländischen Kultur ein, die unsere heutige Gesellschaft von Grund auf geprägt hat und durch die schleichende Islamisierung unseres täglichen Lebens eine ernsthafte Bedrohung erfährt. Da ich wusste, dass sich Herr Kriegsdorf seit seiner Haftentlassung mit diesem Thema intensiv auseinandergesetzt hat, bat ich ihn, einen Vortrag zu den radikal-islamistischen Tendenzen innerhalb der Kölner Moscheevereine zu halten – gerade seit den denkwürdigen Anschlägen, denen das World Trade Center genau heute vor zwei Jahren zum Opfer fiel, ein von besonderer Brisanz gezeichneter Gesprächsstoff. Herr Kriegsdorf war Samstag von zwanzig Uhr bis Sonntag ein Uhr morgens ohne Unterbrechung auf unserer Versammlung in Porz-Urbach. Für diesen Umstand gibt es etwa zwei Dutzend Zeugen."

Obwohl der Quacksalber unserem Hauptverdächtigen ein hieb- und stichfestes Alibi gab, das von den übrigen Zeugen, die er uns namentlich nannte, im weiteren Verlauf der Ermittlungen bestätigt wurde, war ich froh, dass dieser schmierige rechte Funktionär, der sich hinter der Fassade eines biederen Arztes und Pseudo-Wahrers der christlichen Kultur versteckte, unser Büro verließ, nachdem wir von seiner Aussage ein Protokoll gefertigt hatten. Geistige Brandstifter wie er oder Kriegsdorf vergifteten immer wieder aufs Neue die Atmosphäre zwischen Deutschen und Einwanderern.

Uns blieb an jenem Vormittag nichts weiter übrig, als den Staatsanwalt zu unterrichten. Erwartungsgemäß wurde Kriegsdorf

– leider – aus dem PG entlassen und seine Vorführung vor dem Haftrichter abgesagt.

Zwar würde er sich wegen Körperverletzung und Vortäuschen einer Straftat vor dem Kadi rechtfertigen müssen – aber die Anordnung der U-Haft wurde durch diese Straftatbestände nicht begründet. Es fiel mir schwer, mich mit dem Gedanken, einen rassistischen Schläger, der unseren Kollegen Dario so übel zugerichtet hatte, auf freiem Fuß zu sehen.

Wir waren mit unseren Ermittlungen – wieder mal – am Anfang angekommen. So langsam entwickelte sich das zu einer lästigen Gewohnheit. Hinzu kam die Gewissheit, dass Dario aus einem völlig nichtigen Grund all seine Schmerzen erleiden musste.

Später stellte sich heraus, dass Kriegsdorf es als einen „Akt des Nationalstolzes" betrachtete, für dieses verabscheuungswürdige Verbrechen zur Verantwortung gezogen zu werden. Er hatte den Prozess, der auf Grund seines Geständnisses sicherlich gegen ihn stattfinden würde, nutzen wollen, um in der Öffentlichkeit auf die Ausländerproblematik hinzuweisen. Das war sein ganzes Ansinnen, das ihm in kürzester Zeit eingefallen war, als wir ihn nach seiner Festnahme vernommen hatten – ein publikumswirksames Forum, dem er seine gesellschaftspolitischen Gedanken darbieten konnte. Selbst heute wird mir bei dem bloßen Gedanken an diesen durchgedrehten Idioten speiübel.

Ich schaute aus dem Fenster in den Dauerregen hinaus. Im Radio ertönte der aktuelle Hit von Shania Twain, „Forever And For Always" – ein sehr romantisches Lied, das meine Depressionen noch verstärkte. Kurzzeitig überlegte ich, Maria anzurufen und mich bei ihr zu entschuldigen. Aber was hätte das geändert? Abgesehen davon, dass sie meine Entschuldigung gar nicht erst angenommen hätte – dafür kannte ich sie gut genug. Nein, diesmal war es wirklich das Beste, Gras über die Sache wachsen zu lassen.

Karl-Heinz, Marco und Thorsten gesellten sich in meinem Büro zu mir. Wir tranken eine Tasse Kaffee und sahen uns ziemlich ratlos an.

„Was sollen wir jetzt machen?", fragte ein sichtlich niedergeschlagener Thorsten in die Runde. Karl-Heinz zuckte mit den Schultern. „Neue Ermittlungsansätze seh ich zurzeit nicht. Alle, die einen Grund gehabt hätten, Faruk Al-Hafez zu töten, sind für das Tötungsdelikt nicht verantwortlich. Ich werde mich nachher mit dem Staatsanwalt besprechen, um uns mal die Karten zu legen. Keine Ahnung, wie das mit dem Fall weitergehen soll."

Da fiel mir plötzlich etwas ein. „Vielleicht haben wir ja doch eine Kleinigkeit übersehen."

„Was meinst du?", wollte der Düsseldoofe wissen.

„Es gibt vielleicht doch noch zwei Personen, die einen Grund gehabt hätten, Faruk aus dem Weg zu räumen. Nur danach sind sie bislang gar nicht gefragt worden ..."

Ich erzählte meinen drei Kollegen von meinem Verdacht. Sie ließen sich überzeugen.

Karl-Heinz informierte Staatsanwalt Dr. Müller und ließ von ihm einen Vernehmungsauftrag ausstellen, den er per Fax schickte. Eine halbe Stunde später saß ich mit Thorsten in unserem Scorpio und machte mich auf den Weg Richtung Ossendorf.

8. Kapitel: Der Verräter

Justizvollzugsanstalt Köln, Rochusstr. 350, 50827 Köln-Ossendorf, Donnerstag, 11. September 2003, 12:25 Uhr

So, wie wir den inzwischen verschwundenen Justizbeamten Mike Spich verdächtigt hatten, Faruk Al-Hafez umgebracht zu haben, so konnte das gleiche Tatmotiv auch auf Mustafa Dogan und seinen Cousin, den Teestubenbesitzer Hakan Özbay zutreffen. Schließlich mussten sie seitens Tayfun Akyüz' mit einigen Repressalien rechnen, falls ihr „Nebengeschäft" mit Faruk und seinem Bruder Azad ans Licht gekommen wäre. Vielleicht wollten sie ebenso aus dem Geschäft mit den beiden Libanesen aussteigen und hatten keinen anderen Ausweg gesehen, aus dieser Nummer herauszukommen.

Aber zu diesem Zeitpunkt war das nur eine mögliche Theorie. Die Kollegen der GER, die Mustafa und Hakan im Rahmen der Durchsuchungsaktion gegen Tayfuns Bande festgenommen hatten, gaben auf meinen Anruf bei Ingo hin zu, dass sie es bei ihrer Vernehmung unterlassen hatten, die beiden Cousins nach einem Alibi für den Tatabend zu fragen.

Obwohl wir ja zwischenzeitlich von unserem VE wussten, dass die beiden Cousins in Kontakt zu Faruk Al-Hafez standen, rief ich dennoch die Düsseldorfer Kollegen an, um ihnen Bescheid zu sagen. Schließlich wollten wir ihre Ermittlungen gegen Azad Al-Hafez, die immer noch nicht abgeschlossen waren, nicht gefährden. Aber Jo und Manni hatten nichts gegen diese Befragung – so lange wir ihr Verfahren nicht erwähnten.

Thorsten und ich stellten den alten Dienstwagen auf dem Besucherparkplatz der JVA Köln, die im Volksmund nur „Klingelpütz" hieß, ab und begaben uns zu der mit Panzerglasscheiben gesicherten Anmeldung. Wir händigten einem beleibten älteren Justizbeamten, dessen lindgrüner Hemdblouson über dem Schmerbauch spannte, unsere Dienstausweise und den Vernehmungsauftrag aus und erhielten Einlass.

Danach rief er in der Abteilung an, in der Mustafa Dogan und Hakan Özbay ihre U-Haft absaßen. Wir wollten sie nacheinander befragen.

Da alle Vernehmungsräume besetzt waren, verwies uns der Beamte auf den Besucherwarteraum, in dem eine bedrückende Atmosphäre herrschte, die nicht nur durch die Plastikstühle und die flackernde Leuchtstoffröhre an der Decke verursacht wurde. Diverse Mitbürger warteten in dem großen Aufenthaltsraum darauf, ihre einsitzenden Verwandten oder Gangmitglieder besuchen zu dürfen.

Eine dickliche ältere Türkin mit Kopftuch und Mantel musste von ihrem schmächtigen Mann mit dickem Schnauzbart und ihrer Tochter getröstet werden. Sie heulte sich die Augen aus dem Kopf.

Am anderen Ende des Raums stand eine in die Jahre gekommene Deutsche mit durchgeschlagener Miniplifrisur, Achtzigerjahre-Jeansanzug und jeder Menge Goldschmuck bei dem wachhabenden Beamten und lallte alkoholisiert vor sich hin: „Bitte, ich will meinem Jupp doch nur die eine Flasche Kölsch mitbringen. Tun Sie mir doch den Gefallen!"

Aber der junge Beamte blieb hart. „Ich hab Ihnen das doch schon mal versucht zu erklären, oder?! Den Insassen wird kein Alkohol ausgeschenkt. Sie kriegen die Flasche nachher wieder und können Sie dann mit nach Hause nehmen."

„Aber ..."

Die Frau lamentierte weiter rum, konnte den Schließer aber nicht umstimmen.

Eine Gruppe junger Türken, die in der Ecke am Süßigkeitenautomaten stand und rauchte, sah uns beide argwöhnisch an – nicht nur unsere auffälligen Besucherausweise mit der fetten schwarzen Aufschrift *KRIPO* machten uns als Kriminalbeamte erkennbar, wir sahen auch sonst wie welche aus.

Wir mussten etwa zwanzig Minuten warten, bis uns ein Schließer zu dem Trakt mit den Vernehmungsräumen führte, eine der Glastüren aufschloss und uns hineinbat. In dem nüchternen Raum waren Thorsten und ich die einzigen Anwesenden. Thorsten fuhr den PC hoch, der auf dem Schreibtisch stand. Keine Minute später wurde Mustafa Dogan hereingeführt. Der Türke war Ende zwanzig, mit ungekämmten nackenlangen Haaren, Dreitagebart, verknittertem T-Shirt und ebensolcher Jeans.
Feindselig blickte er uns an, als er uns die Hand zur Begrüßung verweigerte und sich auf die andere Seite des Tisches setzte. Zunächst belehrte ich ihn in der vorgeschriebenen Form. Thorsten hatte sich schreibbereit gemacht.
„Herr Dogan, wir haben einige Fragen an Sie wegen des Tötungsdelikts zum Nachteil Faruk Al-Hafez'."
„Wer?", fragte der aufbrausende Türke schroff. „Ich kenn keinen Typen, der so heißt, Mann. Was wollt ihr hier?"
„Herr Dogan, wir haben gesicherte Hinweise, dass Sie und Ihr Cousin Herrn Al-Hafez kannten."
„Ey, was labert der Typ für 'nen Müll?", wollte Dogan vom Düsseldoofen wissen und deutete mit dem Kopf in meine Richtung.
„Also, Sie kennen ihn nicht. Okay. Können Sie uns trotzdem sagen, wo Sie letzte Woche Samstag zwischen 21.30 Uhr und 23.30 Uhr waren?"
„Ey, geht dir einer ab, wenn du das weißt, oder was?"
Jetzt reichte es mir langsam. Ich stand auf und schlug mit der Faust so heftig auf den Tisch, dass Dogan erschrak und zurückwich. „Pass mal auf, du Heini! Du wanderst eh in den Bau. Mir ist das völlig egal, ob wegen den beschissenen Heroindeals mit diesem Tayfun Akyüz oder wegen Tötung eines Mannes, den du angeblich nicht kennst. Aber für dich dürfte das schon eher interessant sein, ob du für 'n paar Jahre abtauchst oder lebenslang. Kapiert?!"
„Ist ja okay, Alter! Hey, Mann, ich hab damit nix zu tun. Ich war zuhause, klar?!"

„Zeugen?"
„Nein, Mann. Ich hab allein ferngesehen. Ehrlich! Ich geh doch nicht für so 'ne Scheiße in den Bau!"
„Wirst du aber, wenn du nicht endlich mit der Wahrheit rausrückst. Also, ich frage nochmal: Was war mit Al-Hafez? Weißt du etwas über seinen Tod?"
„Ich kenn den doch gar nicht!"
Gespielt verzweifelt sah ich Thorsten an. „Der kapiert's nicht, oder?!"
„Tja, dann können wir ihm auch nicht helfen. So 'n Mordprozess kann ganz schön langwierig sein. Und wenn genügend Indizien gegen ihn sprechen sollten ... Er hat jedenfalls alles andere als ein Alibi ... Zuhause – allein ... Ist ja lächerlich!"
Dogan schaute uns sorgenvoll an. „Hey, Leute, das könnt ihr mir nicht anhängen! Ich hab damit nix zu tun, Mann!"
„Dann reden Sie!"
Mustafa Dogan kratzte sich am Kinn und beugte sich verschwörerisch vor. „Also klar, ich kannte den Al-Hafez schon. Der hat mit meinem Cousin auch 'n paar Drogendeals abgewickelt. Aber was das Geschäftliche angeht – das hat alles der Hakan gemacht. Der hat mit dem die Deals vereinbart. Ich kannte den nur so vom Sehen. Fragen Sie Hakan! Ich bin doch kein Mörder!"
Endlich hatten wir ihn geknackt. Bereitwillig gab us Dogan Auskunft über die Geschäftsbeziehungen seines Cousins zu Al-Hafez. Thorsten hämmerte seine Aussage in die Tastatur des PCs und druckte sie aus.
Nachdem Dogan sein Protokoll durchgelesen und unterschrieben hatte, wurde er wieder in seine Zelle gebracht. Anschließend führte ein Justizkollege seinen Cousin Hakan Özbay ins Vernehmungszimmer.

Der kahlköpfige Gastwirt, der ebenfalls ein T-Shirt und seine fleckige Jeans trug, zeigte sich im Gegensatz zu seinem Cousin sehr freundlich und kooperativ. Aber auch er bestritt zunächst,

Al-Hafez überhaupt gekannt zu haben. „Ich weiß nicht, wie Sie darauf kommen, dass ich Al-Hafez kannte." Er lächelte uns an.
„Herr Özbay, wir wissen es definitiv. Und außerdem", ich legte das Vernehmungsprotokoll Dogans auf den Tisch, „haben wir mit Ihrem Cousin gesprochen."
Ich deutete mit dem Zeigefinger auf die wichtige Stelle.

Antwort
Klar, ich kannte den Faruk Al-Hafez schon. Der hat mit meinem Cousin auch ein paar Drogendeals abgewickelt. Aber was das Geschäftliche angeht – das hat alles der Hakan gemacht. Der hat mit dem die Deals vereinbart. Ich kannte den nur vom Sehen! Fragen Sie Hakan! Ich bin doch kein Mörder!

Als ich die drei DIN-A4-Seiten wieder weggepackt hatte und den Cafébesitzer ansah, hatten sich seine Augen geweitet. Nervös fuhr er sich mit den Fingern über die Vollglatze, wobei seinen Achselhöhlen ein übler Schweißgeruch entwich.
„Bok! Dieses blöde Schwein! Ich bring ihn um!", schrie er und schlug mit der Faust auf den Tisch, wobei sein extremer Mundgeruch die ohnehin stickige Luft in dem Gefängnisraum verpestete. Özbay war außer sich vor Wut. Nur äußerst widerwillig erzählte er uns von seinen kriminellen Kontakten.
„Also: Wie ist es überhaupt zu Ihrem Kontakt mit den Al-Hafez-Brüdern gekommen?"
Özbay kratzte sich am Kinn und sah uns niedergeschlagen an.
„Na, über meinen bekloppten Cousin Mustafa. Sehen Sie, der hat wegen so 'n paar Deals ein Jahr hier drin gesessen. Nix Großes, aber für den Knast hat's gereicht. Tja, und da hat er dann 'nen Wärter kennengelernt. Mike Spich. Die beiden haben sich angefreundet. Mustafa hat schnell rausgekriegt, dass der Mike 'n paar krumme Dinger am Laufen hatte. Und Mike hat den Mustafa dann – als so 'ne Art Schweigegeld – als Laufburschen und In-

formanten beschäftigt. Der sollte sich 'n bisschen unter den Jungs umhören und abchecken, wo und mit wem Mike neue Geschäfte machen könnte, klar?! Und nach der Entlassung vom Mustafa hat der 'nen Anruf von diesem Mike gekriegt. Der hat gesagt, er hätte 'nen ganz dicken Fisch aus Düsseldorf an der Angel."
„Al-Hafez."
„Mmh, genau, Mann."
Thorsten schrieb Özbays Aussage am PC mit, ich fuhr mit der Befragung fort: „Aber wie kam Spich überhaupt darauf, dass Sie und Ihr Cousin Interesse an der Sache hätten?"
„Weil dieser Idiot Mustafa bei Mike groß rumgetönt hat, dass ich so 'n paar Deals mit dem Tayfun abziehe. Der kann seine Klappe nie halten! Und Mike hat auf die Tränendrüse gedrückt. Er würde von Azad Al-Hafez erpresst und so und brauche unsere Hilfe, dessen Stoff hier in Köln zu verticken."
„Kannten sich Mustafa und Azad Al-Hafez eigentlich aus dem Knast persönlich?"
„Nee, voll komisch, obwohl die im selben Block gesessen haben müssen. Aber das lief alles über den Mike."
Abermals unterbrachen wir, damit Thorsten die Aussage protokollieren konnte, bevor ich unser Gegenüber fragte: „Warum haben Sie sich auf den Deal eingelassen?"
Özbay zuckte mit den Schultern. „Das Business mit Tayfun lief nicht mehr wirklich gut. Der wurde immer raffgieriger und hat immer mehr Kohle für sich behalten. War Scheiße!"
„Wie sind die Deals mit den Al-Hafez-Brüdern denn dann genau abgelaufen?"
„Der Mike hat jedes Mal angerufen, wenn Faruk mit dem Stoff auftauchen wollte, und wir haben's dann in unserem Café an die Kleinhändler verticht – das war's. Das eingenommene Geld holte Faruk dann ab, wenn er den neuen Stoff brachte. Aber die ganze Scheiße war schon ziemlich riskant, Mann. Vor allem, weil Tayfun seine Augen und Ohren überall hatte. Und er schien irgendwas zu ahnen. Aber jetzt ist das ja gelaufen."

Ich nickte. „Kam Faruk Al-Hafez immer allein?"
„Ja. Da war nie einer bei."
„Und wie ist der zu Ihnen gekommen? Mit dem Auto?!"
„Nee, mit der S-Bahn. Die Haltestelle war ja nur ein paar Schritte von meinem Café entfernt. Der Faruk hat mir mal erzählt, dass er immer in der Nähe von Mikes Garten, in dem das Zeug lagerte, in die Bahn steigt."
Während Özbays Aussage von Thorsten aufgenommen wurde, dachte ich darüber nach, dass es für einen Drogenkurier wohl äußerst ungewöhnlich war, mit der Bahn anzureisen. Aber das war aus Tarngründen um einiges besser – außerdem war eine Observation in einem Zug viel schwieriger als in einem Auto. In den Menschenmassen konnte man untertauchen, was einem mit einem Pkw nicht allzu gut gelang ...
Zufrieden nickte ich meinem Kollegen zu. Das, was Özbay berichtete, würde die Düsseldorfer Kollegen in ihrem Verfahren um einiges weiterbringen.
„Ich frage Sie ganz offen: Haben Sie etwas mit dem Tötungsdelikt zum Nachteil Faruk Al-Hafez' zu tun? Bevor Sie auf diese Frage antworten, möchte ich Sie nochmals an Ihre Rechte erinnern."
Aber Özbay winkte ab und unterbrach mich:
„Das ist nicht nötig. Ich habe Al-Hafez nicht umgebracht. Schließlich waren wir so etwas wie Geschäftspartner. Warum sollte ich ihn also umbringen?"
„Aus Angst vor den Konsequenzen, mit denen Sie vielleicht von Tayfuns Seite rechnen mussten, falls er darüber etwas herausgefunden hätte."
„Nein, Sie irren sich! Sicher – ich hatte Angst. Deshalb hab ich mich an dem Abend, als mich Faruk mit der letzten Lieferung aufsuchen sollte, auch mit 'nem Bekannten am Hauptbahnhof getroffen und ihm 'ne Knarre abgekauft. Aber nicht, um Faruk zu töten, sondern um mich gegen Tayfun verteidigen zu können. Das ist alles, Mann! Ich hab von Faruks Tod erst durch 'nen Anruf von Mike bei meinem Cousin erfahren – am Sonntagmorgen."

Ich sah zunächst meinen Kollegen, der hochkonzentriert auf den Bildschirm blickte, und dann Özbay an. „Wann genau haben Sie sich mit diesem Bekannten getroffen?"
Özbay dachte angestrengt nach. „Das war letzten Samstag, so gegen elf Uhr abends. Genau, um halb zwölf sollte Faruk mit der Ware vorbeikommen – hat er ja dann nicht gemacht. Dass mit dem Knarrenkauf war kurz vor dem Termin. Hey, glauben Sie mir! Ich hab niemanden umgebracht!"
„Wo ist die Waffe jetzt?", fragte ich, da ich mich nicht erinnern konnte, dass in Özbays Räumen im Rahmen der Durchsuchung eine Waffe gefunden worden war. Wir mussten seinem zweifelhaften Alibi zumindest ansatzweise nachgehen.
Özbay sah uns der Reihe nach an und biss sich auf die Unterlippe. „Die – die hab ich bei meinem Schwager im Keller versteckt. Nachdem Sie bei mir am Montag in der Teestube waren, hab ich Panik gekriegt, wollte das Ding nur verschwinden lassen. Mein Schwager weiß nix davon ..."
„Wir werden ihn auf jeden Fall aufsuchen müssen."
Özbay nickte und gab uns die Adresse seiner Schwester und seines Schwagers im Stadtteil Mülheim.
Wir nahmen den Rest von Özbays Aussage zu Protokoll, druckten die vier Seiten aus und ließen sie von ihm unterschreiben, nachdem er sie auf ihre Richtigkeit durchgelesen hatte.
Auch, wenn uns Özbay aus nur allzu verständlichen Gründen nicht sagen wollte, wer ihm die Waffe illegalerweise verkauft hatte und wir sein Alibi folglich wenn überhaupt nur bruchstückhaft überprüfen konnten, glaubte ich ihm. Mein Instinkt sagte mir, dass er uns nicht angelogen hatte.
Ich informierte Karl-Heinz, der sich umgehend darum kümmerte, dass Özbays Schwager von den Kollegen aufgesucht wurde.
Wie Özbay gesagt hatte, fanden sie im Keller – in eine Plastiktüte eingewickelt – tatsächlich eine FN Browning HP, aus der die Seriennummer gefeilt worden war. Özbays Alibi ließ sich damit zwar nicht zweifelsfrei klären, die Indizien schienen jedoch dafür zu

sprechen, dass er die Wahrheit sagte. Selbst diese Spur schien sich somit als Blindgänger zu entpuppen.

Nachdem ich Dario, dem es sichtlich besser ging, zuhause besucht hatte, fuhr ich an jenem Donnerstagabend demotiviert zur Gesangsprobe unseres Karnevalsvereins, den „Löstije Kuletschhöt". Diesem Verein gehörten neben Marcel, seinem Vater Erich, Hartmut – dem Leiter der Wache Eigelstein –, Dario und mir noch eine Handvoll meist pensionierter Polizisten an. Wir hatten ein paar Wochen pausiert und fanden uns an diesem Abend in unserem Vereinslokal, einer gemütlichen Veedelskneipe Ecke Subbelrather Straße/Senefelderstraße im Stadtteil Ehrenfeld, ein.
Marcel und Hartmut begrüßten mich ebenso lustlos wie die übrigen Vereinsmitglieder.
„Was seid ihr denn hier für Trauerklöße?", wollte ich von meinen Freunden wissen, obwohl es mir eigentlich nicht besser ging.
„Na, die Sache mit Dario ist doch ziemlich schlimm. Wie geht's ihm denn?", wollte Hartmut, unser 2. Vorsitzender, wissen.
„Ich hab ihn eben noch besucht. Der ist schon wieder auf dem Weg der Besserung – auch wenn er sich aufgeregt hat, dass wir den Kriegsdorf wieder laufenlassen mussten."
Marcel war außer sich. „Dieses Schwein! Wenn ich den nochmal in der Gartenanlage sehe! So ein Widerling!"
„Apropos Gartenanlage – wo ist Erich überhaupt?", fragte ich meine beiden Vereinsfreunde.
„Ach, das weißt du ja noch gar nicht. Der sitzt mit 'nem Armbruch zuhause", sagte Marcel.
„WAS??? Und wieso weiß ich nichts davon? Was ist denn passiert?"
„Mein Vater war ja Montag auf dieser Durchsuchung in Ostheim. Tja, und irgend so ein Jugendlicher hat sich der Festnahme widersetzt und ihn zu Fall gebracht. Dabei hat der sich den Arm gebrochen."
„Scheiße! Das hättet ihr mir ja sagen können!"

„Wir haben gedacht, du hättest das schon längst gehört."
An diesem Abend schienen wir nur für unsere beiden im Dienst verletzten Vereinskameraden und Kollegen zu singen. Aus voller Brust sangen wir alle Lieder unseres relativ großen Repertoires. Willi Ostermann hätte sich gefreut, wenn er gehört hätte, wie wir seine großartigen Kompositionen zum Besten gaben.

***

Freitagmorgen, während Thorsten, Marco, Karl-Heinz, die beiden Kaderkräfte Hacki und Ralf sowie ich in meinem Büro saßen und Kaffee tranken, fanden wir endlich Zeit, die Bilder zu betrachten, die die Kollegen des Verkehrskommissariats der PI 8 von Arnims und Rudis Unfall gemacht hatten.
Die Front des silbernen Golf III war vollkommen zerknautscht und zerquetscht, die Windschutzscheibe aus dem Rahmen gesprungen, geborsten und verzogen.
„Mein Gott, Arnim und Rudi können echt froh sein, dass ihnen nicht noch mehr passiert ist", meinte ich. Meine Kollegen nickten stumm und machten sich mit mir auf den Weg in unseren Besprechungsraum, um den anderen Kollegen des KK 11 von den neuesten Entwicklungen in unserem Fall zu berichten.
Erwartungsgemäß brachte dieser Freitag im Hinblick auf die weiteren Ermittlungen keine Neuigkeiten. Da seit Tagen endlich mal wieder die Sonne schien, beschloss ich, früher zu gehen und meine verletzten Freunde Dario und Erich zu besuchen. Karl-Heinz hatte nichts dagegen, er würde noch länger im Büro bleiben, um sich um die Aktenführung zu kümmern.

Darios Brüche schienen sehr schnell zu verheilen. Ich fand ihn am Computer sitzend und im Internet surfend – wobei er die Tastatur umständlich mit der linken Hand bedienen musste. Aber jetzt hatte er endlich mal Zeit dazu. Da ich ihn nicht weiter stören wollte, machte ich mich bald auf den Weg zu Erich. Er hatte mir

am Telefon gesagt, dass er in seinem Kleingarten am Bahndamm sei – dem Ort, an dem unser mysteriöser Fall seinen Anfang genommen hatte.
So erblickte ich Erich bei einem Glas Kölsch in seinem Liegestuhl. Sein linker Arm war eingegipst. Als er mich sah, legte er den Stadt-Anzeiger beiseite.
„Mensch, Jung, schön, dass du mich besuchst!"
„Was machst du denn für Sachen?", wollte ich von meinem väterlichen Freund wissen.
„So 'ne Scheiße! So 'n bescheuerter Rotzbengel hat mich angegriffen, als ich ihn festnehmen wollte, und mich zu Boden gerissen. Dabei bin ich so blöd gefallen, dass ich mir den Arm gebrochen hab. Dem hab ich ordentlich die Leviten gelesen, das glaubste wohl!"
Ich lachte. „Das kann ich mir lebhaft vorstellen. Wie war das: So 'ne Durchsuchung ist eigentlich ziemlich unspektakulär?"
„Jaja, ist schon gut. Ich werde demnächst mein vorlautes Mundwerk halten – das schwör ich dir!"
Wir mussten beide schmunzeln.
„Wie geht's Dario?", fragte Erich dann ernst.
Ich erzählte dem 1. Vorsitzenden unseres Karnevalsvereins von Kriegsdorfs Attacke auf unseren Kollegen.
Erich schüttelte den Kopf. „Dieser bescheuerte Kriegsdorf. Der soll bloß aus unserer Gartensiedlung verschwinden. Ich werde auf der nächsten Jahreshauptversammlung den Antrag stellen, dass der mit seiner Mutter hier endgültig rausfliegt."
Erich und ich saßen mehrere Stunden in seinem gemütlichen Garten und tranken ein Kölsch nach dem anderen. Die Sonne brannte.
Als ich mich gegen acht von Erich verabschiedete, hatte ich wieder mal genug „getankt".
Ich machte mich auf den in meinem Zustand beschwerlichen Weg durch die Gartenanlage, als mich jemand von hinten ansprach.
„Herr Merzenich!"

Ich drehte mich um und sah mich Markus Mottek gegenüber.
„Schön, Sie zu sehen." Mottek kam auf mich zu und reichte mir mit kräftigem Druck die Hand.
Ohne lange Umschweife lud er mich in seine Parzelle ein. Da ich ohnehin nichts Besseres vorhatte, folgte ich ihm in seinen Garten und trank mit dem gebürtigen Gelsenkirchener ein paar Flaschen Pils – was mich als überzeugtem Kölschtrinker viel Überwindung kostete.
Wir plauderten stundenlang.
„Die Sache mit Spich hat mich echt umgehauen! Ich hab mit der Monika gesprochen. Hat er denn jetzt Dreck am Stecken?", fragte Mottek, holte eine Flasche Bommerlunder aus dem Gartenhäuschen und gab sich die Antwort selbst: „Aber natürlich! Sonst wär er ja nicht abgehauen! Richtig?! Das hätte ich nie von ihm gedacht. Für Sascha ist jetzt 'ne Welt zusammengebrochen. Der hat den Mike wie 'nen großen Bruder vergöttert."
Nach einer Minute des Schweigens füllte Mottek zwei Gläser mit dem Klaren und reichte mir eines. „Ich finde, wir sollten uns duzen. Oder was hältst du davon?", fragte der Exsoldat.
„Auf jeden Fall! Ich bin der Pitter!"
„Markus!"
Wir stießen an und leerten das Glas in einem Zug.
Draußen war es bereits dunkel, trotzdem saßen Markus und ich vor seiner Laube und tranken.
„Warum bist du eigentlich so eklig zu deinem – nennen wir ihn mal ‚Stiefsohn'?"
„Ach, der Junge geht mir manchmal echt auf den Geist. Der ist so was von zurückgeblieben. Nichts versteht der. Was meinst du, was wir für Probleme haben, für den 'ne Lehrstelle zu finden? Polizist wollte er werden – oder Soldat, so wie ich. Ihr Bullen habt seine Bewerbung postwendend zurückgeschickt – und vom Bund wurde er auf Grund seines Sehfehlers als untauglich ausgemustert. Tja, 'nen Ausbildungsplatz hat er immer noch nicht. Letztendlich hat's bei ihm doch nur für den Hilfsjob an der Tankstelle gereicht.

Da verdient er zwar nicht viel, hat aber immerhin überhaupt 'ne Stelle."
Markus schüttelte den Kopf. „Das Einzige, was der richtig gut kann, ist Baseball spielen. Wir haben ihn damals zum Schüleraustausch in die USA geschickt. Der Junge hat an diesem bescheuerten Sport 'nen Narren gefressen. Für Fußball war er zu blöd – aber dieser Amisport ... Der wollte hier sogar 'nem Verein beitreten. Aber das hab ich nicht eingesehen. Wir haben dem so 'nen blöden Schläger gekauft und das war's. Na ja. Ist auch egal. Lass uns von was anderem reden!"
An diesem Abend tranken wir ohne Unterbrechung. Als ich mir um halb zwei ein Taxi rief, konnte ich nicht mehr gerade stehen. Die Gedanken an Maria und meine verletzten Kollegen Dario und Erich verblassten mit jedem Schluck, den ich zu mir genommen hatte.

***

Den Rest des Wochenendes verbrachte ich mit meinen Kollegen im Büro. Wir kümmerten uns um den restlichen Papierkram. Ralf und Hacki hatten die letzten Aussagen der Zeugen, die am Tatabend Kriegsdorfs Vortrag gehört hatten, der Form halber zu Protokoll genommen. Sein Alibi war zur Genüge bestätigt.

9. Kapitel: Der überraschende Fund

Polizeipräsidium Köln, GS, ZKB, KG 1, KK 11, MK 2, Walter-Pauli-Ring 2-4, 51103 Köln-Kalk, Montag, 15. September 2003, 09:38 Uhr

Nachdem ich mich aus dem Bett gequält hatte, fuhr ich lustlos ins Präsidium.
Ich schlürfte meine Tasse Kaffee und döste vor mich hin. Selten war ich so antriebs- und lustlos gewesen wie an jenem Morgen.
Die Frühbesprechung brachte auch keine neuen Erkenntnisse.
Bei einer Tasse Kaffee versammelten wir uns im Büro unseres derzeitigen MK-Leiters. Wir mussten uns einfach eingestehen, dass wir gegen keinen der Verdächtigen auch nur den winzigsten Anhaltspunkt hatten, der weitere Ermittlungen gerechtfertigt hätte.
„Tja, Leute, ich weiß auch nicht, wie es weitergehen soll", sagte ein sichtlich deprimierter MK-Leiter Schütz und zuckte die Achseln.
„Na toll! Wofür bin ich dann überhaupt eurer Truppe zugeteilt worden?"
Obwohl sie als spaßiger Muntermacher gedacht war, hatte Hacki mit seiner Frage recht. Es gab eigentlich momentan nichts mehr zu tun.
„Ich schlage vor, dass wir uns die Akten nochmal genau ansehen. Vielleicht ist uns beim ersten Mal einfach was entgangen."
„Gute Idee, Pitter."
Karl-Heinz wollte sich mit der Staatsanwaltschaft abermals in Verbindung setzen, während der Rest der Mordkommission „Damm" die Akten studieren sollte. So lösten wir unsere Runde auf. Hacki, Ralf, Marco und der Düsseldoofe begleiteten mich in mein Büro und besetzten vorübergehend Darios Schreibtisch – obwohl die Kaderkräfte dafür eigentlich ihren Kaderraum hätten nutzen können. So war es jetzt mehr als beengt.

Wir hatten gerade angefangen, die Ermittlungsakten zu wälzen, als ein mittelgroßer, leicht gebeugt gehender Mann Mitte fünfzig, dessen weißer Bart und weißes Haar ihn zehn Jahre älter aussehen ließen, an die Tür klopfte und das Büro betrat.
Kriminalkommissar Wolfgang „Wolle" Mannsfeldt vom KK 33, das für die Bekämpfung der „Allgemeinen Rauschgiftkriminalität" zuständig war, lächelte uns mit einem breiten Grinsen an. Ich kannte den sympathischen Kollegen aus Aachens Nachbarstadt Stolberg schon eine ganze Weile. Schließlich hatte er nach seiner Ernennung zum Kommissar vor einigen Jahren ein kurzes Gastspiel in Erichs Kalker KK 1 gegeben, bevor er zum KK 52 gewechselt und letztendlich im Vorjahr in besagtem KK 33 gelandet war. Er gehörte zu den zahlreichen Kollegen, die sich nach über zwanzig Jahren Wach- und Wechseldienst „auf der Straße" ein gewisses Maß an Zynismus zu eigen gemacht hatten. Dementsprechend gewöhnungsbedürftig war sein Humor. Auch Wolle gehörte seit seiner Versetzung zur Kripo zum MK-Kader und hatte uns immer wieder unterstützt.
Wolle kam auf uns zu und schmiss eine Aktenmappe auf den Tisch.
„Grüß euch, Männer. Und, gibt's was Neues an der Front?"
„Hallo Wolle", antwortete ich. „Nö. Uns sind hier in so 'ner blöden Todesermittlung langsam die Verdächtigen abhanden gekommen. Wir sind – ehrlich gesagt – ein wenig ratlos."
Der bekennende Kettenraucher hob beschwichtigend die Hände, rückte seine Brille zurecht und kramte eine Schachtel Zigarillos aus der Brusttasche seines karierten Hemdes hervor, das er wie eine Jacke über seiner sandfarbenen Outdoor-Cargohose trug. Alsdann zündete sich der leicht untersetzte Kollege einen dieser stark riechenden Glimmstängel an.
„Nicht verzagen – den lieben Onkel Wolle fragen! Ich hab die Lösung für all eure Probleme!"
Verwirrt blickte ich mich in der kleinen Runde um. Auch Hacki und Thorsten schien es ähnlich zu gehen wie mir.

„Wie meinst du das?", wollte Hacki wissen.

„Wenn ihr mir 'nen Kaffee spendiert, werd ich euch gerne alles sagen."

Kollege Mannsfeldt machte es sich auf einem der Besucherstühle bequem, während sich der Düsseldoofe sichtlich beeilte, unserem „Gast" einen Becher duftenden Kaffee zu besorgen.

„Also, Wolle, was hast du für uns?"

Aber der Kollege ließ sich immer noch Zeit. Obwohl wir ihn gespannt anschauten, nahm er in aller Ruhe einen Schluck Kaffee und einen kräftigen Zug an seinem Zigarillo.

„Na jut. Dann will ich euch mal nit länger auf die Folter spannen. Letzte Woche Montag haben sich ein paar Männer der städtischen Müllabfuhr, die in der Waldecker Straße Sperrmüll abholen sollten, bei den Kollegen auf der Mülheimer Hauptwache jemeldet. Ihnen war diese Tasche aufgefallen, die neben dem unnützen Hausrat auf der Straße stand."

Wolle fischte aus der Aktenmappe ein Bild, das eine große Sporttasche zeigte. „Wat soll ich sagen: An den AWB-Männern sind wahre Spürhunde verloren jejangen – vielleicht sollten die umschulen. In dieser Tasche, die ihr hier vor euch seht, waren nicht weniger als sechs Kilo Heroin verstaut!"

„Wie?! Das Zeug stand einfach so auf der Straße??"

„Wenn ich's euch doch sage. Hier in dieser Tasche!" Kollege Mannsfeldt klopfte mit dem Zeigefinger so heftig auf das Bild, dass er es fast durchbohrte. „Zwei Päckchen – versandfertig für den Verkauf an Kleindealer, die das Zeug strecken und auf Bahnhofs- oder Schultoiletten verticken", sagte er und zeigte uns ein weiteres Bild, das zwei etwa schuhkartongroße Pakete zeigte, die ringsum mit Teppichklebeband eingewickelt waren. „Mein blöder Chef musste natürlich direkt mir den Fall aufs Auge drücken. So 'n Scheiß! Wär ich bloß bei den Streifenhörnchen oder beim ollen Koslowski in Kalk jeblieben! Irgendwelchen Typen hinterherjagen, die ihre Taschen mit dem ‚Tagesbedarf' vergessen haben – dat hab ich mir alles anders vorgestellt!"

Hacki fuhr sich mit der Hand durch seine Stoppelfrisur. „Aber was hat das jetzt mit uns zu tun?"
„Bleib doch mal locker, Herr Oberkommissar!", sagte Wolle mit seiner bedächtigen, rheinisch gefärbten Stimme. „Da wollt ich ja jrade drauf hinaus. In der Tasche steckte neben dem Stoff noch dieses filigrane Schlagwerkzeug." Der Rauschgiftermittler zauberte weitere Bilder aus der Mappe, größtenteils Detail- und Nahaufnahmen. Sie zeigten alle einen Baseballschläger. Eigentlich nichts Besonderes – wenn an dessen oberem Ende nicht diese dunkelroten Blutspritzer mitsamt Hirngewebe gewesen wären ...
„Da ihr als Todesermittler ja Augen wie Luchse habt, dürfte euch natürlich nit entjangen sein, dat unser übergroßes Holzstöckchen hier voller Blut und Hirn ist. Und nun möchte ich dir, lieber Kollege Hackmann, selbstverständlich deine weise Frage beantworten. Ich habe das LKA gebeten, die Blutspritzer und die Gewebeproben auf ihre DNA zu untersuchen. Fingerabdrücke waren übrigens keine drauf – aber das nur am Rande. Siehe da – heute Morgen habe ich zu meiner großen Verwunderung bereits die Antwort der LKA-Kollegen auf dem Schreibtisch jehabt. Die scheinen momentan wohl nicht allzu viel zu tun zu haben. Na ja. Jedenfalls stammen das Blut und die Hirnreste von einem jewissen ...", Wolle langte nach der Aktenmappe und blätterte mehrere Seiten um, „... Faruk Al-Hafez. Der dürfte euch hinlänglich bekannt sein, nehme ich mal an, nä?"
Wie vom Donner gerührt schauten wir uns der Reihe nach an. Da hatten wir in der letzten Woche so große Mühe gehabt, in diesem seltsamen Fall überhaupt etwas in Erfahrung zu bringen, während das Ermittlerglück unserem Kollegen nur so zuflog.
Ich riss Wolle die Bilder mit dem Baseballschläger förmlich aus der Hand. Das hellbraune Holz war an mehreren Stellen ziemlich abgenutzt und teilweise sogar abgeblättert.
„Kollegen, ich glaube, das ist unsere Tatwaffe!"
Aber sowohl Hacki als auch der Düsseldoofe waren viel zu perplex, mir auch nur einen Piepston zu erwidern.

Wolle nahm einen letzten Zug an dem Zigarillo, bevor er ihn im Aschenbecher ausdrückte. „So, Männer, ist ja schön, dass ich euch weiterhelfen konnte. Wisst ihr denn vielleicht auch zufällig was über den Stoff in der Tasche?"

Wolle hatte seinen Satz noch nicht ausgesprochen, da fiel mir etwas ein. „Ich glaube schon, Wolle. Wenn ich mich nicht ganz doll irre, ist es das Heroin, das unser Toter, Faruk Al-Hafez, bei einem Bekannten in der Kleingartensiedlung am Pfälzischen Ring abgeholt hat, um es an einen Zwischenhändler weiterzuliefern."

Mir fiel auf, dass mich nicht nur Wolle fragend ansah – auch Thorsten schien nicht zu wissen, was ich meinte. „Wie kommst du darauf?", fragte der Kollege vom KK 33. „Das würde ich auch mal gerne wissen", wandte Thorsten ein.

„Mensch, kannst du dich denn nicht mehr an unseren Besuch bei Jo und Manni in Düsseldorf erinnern?"

„Schon, Pitter."

„Die haben uns doch den Mitschnitt des Telefonats zwischen Azad Al-Hafez und diesem Mike Spich vorgespielt, das am Tag nach Faruks Tötung aufgezeichnet wurde."

„Stimmt."

„Und die haben sich doch beide gefragt, wo die ‚Ware' hingekommen sei, die der Tote dabeihatte."

„Hast recht. Jetzt, wo du's sagst – doch, das ist einleuchtend. Dann war in der Sporttasche der Stoff, den Faruk bei Spich abgeholt hat und zu Özbay bringen wollte."

„Könnt ihr mir mal sagen, wovon ihr redet?", wollte Wolle wissen und nahm einen schlürfenden Schluck Kaffee.

Also erzählte ich ihm die Geschichte von Faruk Al-Hafez und seinen Verwicklungen in Drogengeschäfte.

„Hm. Das ist ja klasse! Wenn das so ist, brauch ich mich mit dem Kram gar nicht weiter rumschlagen und kann den Fall an die Jungs vom KK 21 oder von der GER abgeben!"

„Der Holtkott wird sich bestimmt über noch mehr Arbeit freuen", sagte ich.

Wolle Mannsfeldt überließ uns die Bilder und Kopien seiner Vermerke und des Sicherstellungsverzeichnisses. Er verließ dank der Gewissheit, den für ihn uninteressanten Fall des kuriosen Drogenfunds an die Kollegen eines der beiden Kommissariate für die Bekämpfung der „Organisierten Rauschgiftkriminalität" abgeben zu können, gut gelaunt mein Büro.
Thorsten wälzte hektisch einen Stadtplan, der auf Darios Schreibtisch lag. „Waldecker Straße. In Buchforst. Mündet in die Heidelberger Straße. Moment mal – in der Heidelberger wohnt doch dieser Mike Spich? Vielleicht hat der ja doch unser Opfer getötet."
„Nein", sagte ich. „Spich war's nicht, da bin ich mir ziemlich sicher. Der hatte zwar Angst, dass Tayfun etwas über seine Geschäftsverbindungen mit Al-Hafez herausfinden könnte. Trotzdem glaube ich nicht, dass er den Stoff so achtlos weggeworfen hätte. So, wie ich diesen Typen einschätze, hätte der noch auf andere Art und Weise versucht, das Heroin an den Mann zu bringen. Scheint ein ganz schön geldgeiler Zeitgenosse gewesen zu sein. Denk nur mal an die krummen Dinger, die er mit den Knastinsassen abgezogen hat, um Kohle zu machen. Nein, Spich ist nicht unser Mann – auch, wenn er Hals über Kopf abgehauen ist." Ich betrachtete eines der Bilder, das den Baseballschläger aus nächster Nähe zeigte. „Unser Täter hatte entweder kein Interesse an dem Heroin oder er hat es absichtlich weggeworfen. Aber ich denke, dass wir ihn das selbst fragen sollten!"
Thorsten und Marco sahen mich zweifelnd an. Sie teilten den Verdacht, den ich hegte, anscheinend nicht.
„Pitter, nur weil auf dem Griffstück des Schlägers die Initialen S.W. eingraviert sind und Sascha Weinert ein großer Baseballfan ist, heißt das noch lange nicht, dass diese Tatwaffe auch tatsächlich ihm gehört", versuchte Thorsten mir meine Idee auszureden.
„Findest du denn nicht, es wäre ein mehr als großer Zufall, dass neben der Kleingartenanlage von Weinert und Mottek dieser Al-Hafez tot aufgefunden wird und die Tatwaffe ausgerechnet die Initialen von Weinert trägt?!"

"Klar, komisch ist das schon. Aber in Köln gibt es mehr als einen Baseballschläger. Und was dieses S.W. angeht: Das könnte auch für Stefan Weber oder Sebastian Wagner oder was weiß ich wofür stehen. Das sind doch alles keine Beweise! Wir bewegen uns auf sehr dünnem Eis!"

"Da muss ich Thorsten recht geben. Welchen Grund sollte dieser Hirni Sascha Weinert überhaupt haben, Faruk Al-Hafez zu töten?"

"Mottek hat mir Freitagabend noch gesagt, dass er tierisch an Spich hängt – wie an einem großen Bruder. Vielleicht hat er ja mitbekommen, wie Faruk an dem Abend mit Spich rumgebrüllt hat und wollte seinem ‚Bruder' beistehen. Thorsten, denk nur mal an das Telefonat zwischen Spich und Azad Al-Hafez. Spich hat doch zugegeben, dass er und Faruk an jenem Abend Streit hatten."

"Trotzdem ist mir das ehrlich gesagt zu vage. Karl-Heinz würde der Sache hier bestimmt nicht zustimmen." Ich zögerte. Das war etwas, das ich nicht hundertprozentig beantworten konnte. Schließlich war unser MK-Leiter seit dem Morgen in Sachen weiterer Ermittlungen unterwegs und wollte sich mit unserem Staatsanwalt treffen, um die zukünftige Vorgehensweise zu erörtern, danach wollte er sich mit der Aktenführung beschäftigen.

Zwar versuchte ich vor Thorstens und meiner Abfahrt mehrmals, ihn auf seinem Handy zu erreichen, aber leider war es die ganze Zeit ausgeschaltet. So entschied ich eigenmächtig an seiner Stelle, Mottek und den Sohn seiner verstorbenen Lebensgefährtin in dem tristen, ockerfarbenen Mehrfamilienhaus an der Düsseldorfer Straße im Stadtteil Mülheim aufzusuchen. Als ich den alten Ford gegen zwanzig nach elf am Straßenrand dieses beschaulichen Weges abstellte, schien uns die Sonne ins Gesicht.

Vor dem Haus polierte Markus seinen schwarzen Audi A6 Avant. Er drehte sich zu uns um. "Hey, Pitter, grüß dich! Ist das ein Kollege von dir?"

"Hallo, Markus. Ja. Das ist Thorsten Herberts. Er bearbeitet mit mir den Fall Al-Hafez."

Mein Saufkumpan Markus schaute nicht mehr ganz so freundlich.
„Warum seid ihr dann HIER?"
„Können wir nicht erst mal reingehen?"
„Jetzt sag mir endlich, was los ist, Mann!"
Ich nahm Thorsten die Plastikhülle mit den Bildern des Baseballschlägers aus der Hand und hielt sie Mottek unter die Nase. „Ist das der Schläger, den du Sascha geschenkt hast?"
Markus war sichtlich sprachlos, als er eines der Bilder betrachtete und das viele Blut am oberen Ende des Holzstocks entdeckte. Mit weit geöffneten Augen und noch weiter aufgerissenem Mund entfuhr ihm ein „Oh Scheiße!"
„Ist der dem Sascha oder nicht?"
Markus griff nach einem Bild und betrachtete es nun noch genauer. Er schüttelte den Kopf. „Ja. Diese Gravur S.W., die hat er selbst gemacht. Weil er so stolz war, seinen eigenen Schläger zu besitzen." Mottek schluckte schwer, weil er sich kaum traute, mir seine nächste Frage zu stellen. „Wurde dieser Libanese mit Saschas Schläger ermordet?"
Ich nickte, ohne einen Ton zu sagen. Mir war es unangenehm, den Mann, mit dem ich vergangenen Freitag noch über Gott und die Welt gesprochen und stundenlang gesoffen hatte, in diese peinliche Situation zu bringen.
„Und – und ihr meint jetzt, dass Sascha das war?!"
„Sagen wir mal so: Weißt du, wo Sascha am Tatabend so zwischen halb zehn und halb zwölf war?"
Aber Mottek schüttelte nur den Kopf. „Ich war den ganzen Abend hier und hab ferngesehen. Also, zuhause war er jedenfalls nicht. Keine Ahnung. Was hat dieser bekloppte Junge bloß getan?"
Ich klopfte Markus auf die Schulter. „Hey, vielleicht war's ja nur ein Unfall. Er hat das bestimmt nicht gewollt. Ich kümmer mich drum, okay? Wo ist er?"
„Er arbeitet an der Tankstelle – die ESSO-Station am Clevischen Ring."
„Kopf hoch, Markus. Wir finden schon raus, was genau passiert ist."

Thorsten und ich fuhren zu der Tankstelle am Clevischen Ring im Norden des Stadtteils Mülheim.

Wir stellten den Dienstwagen am Ende des Tankstellengeländes ab. Lange brauchten wir nicht zu suchen, bis wir Sascha Weinert entdeckten. Er füllte an einer der Zapfsäulen Wasser in einen Eimer für die Reinigung der Windschutzscheiben nach. Benzingeruch lag in der Luft.

Ich deutete mit dem Kopf in Weinerts Richtung. Die Klarsichthülle mit den Bildern des Schlägers unter der Achsel eingeklemmt, ging ich – begleitet vom Düsseldoofen – in Richtung des jungen Mannes, der sich jetzt daran machte, Papierhandtücher in den Spender nachzufüllen.

„Guten Tag, Herr Weinert", sagte ich. Weinert schaute mich mit weit geöffnetem Mund fragend an. „Ja?!"

„Merzenich, Kripo Köln. Wir haben uns doch bereits vergangene Woche in Ihrer Gartenlaube kennengelernt."

„Ah, ja. Hallo!"

„Das ist übrigens mein Kollege Herberts. Wir haben noch einige Fragen an Sie bezüglich des Todesfalls von Faruk Al-Hafez."

„Wer?" Weinert schaute mich aus seinen großen Augen an, wobei ich mir auf Grund seines schielenden Blicks nicht völlig sicher war, ob er wirklich mich anstarrte oder die hübsche Blondine, die in diesem Moment aus dem MX-5 stieg, der gerade an der Zapfsäule nebenan vorgefahren war.

„Der Tote, der am Bahndamm neben Ihrer Gartenanlage gefunden wurde."

„Ja?!" Langsam konnte ich Markus' abweisende Art gegenüber des Sohnes seiner Lebensgefährtin nachvollziehen. Mit seiner begriffsstutzigen Art schien er selbst den geduldigsten Mitmenschen zur Weißglut treiben zu können ...

So machte ich es kurz und schmerzlos. „Herr Weinert, gehört Ihnen dieser Baseballschläger?", fragte ich und hielt ihm die Bilder unter die Nase – so nah, dass er die Gravur S.W. und die Blutspritzer deutlich sehen konnte. Weinert schien es kapiert zu haben. Er

ließ den Packen Handtücher fallen und hielt sich den offenstehenden Mund zu.
Seine Augen wurden wässrig. In dieser Situation bedurfte es keiner Worte, die uns verrieten, dass Weinert schuldig war. Er hockte sich auf den kleinen Bordstein vor der Zapfsäule und verfiel in jämmerliches Schluchzen. „Ich hab das doch nicht gewollt! Das müssen Sie mir glauben!"
Ich klopfte ihm auf die Schulter und zog ihn hoch. „Herr Weinert: Ich nehme Sie wegen des dringenden Tatverdachts des Tötungsdelikts an Faruk Al-Hafez vorläufig fest! Ich muss Sie bitten, uns zu begleiten!"
Während ich den völlig weggetreten wirkenden Tatverdächtigen provisorisch durchsuchte, gab Thorsten dem Tankstellenbesitzer Bescheid.

***

Karl-Heinz, der gerade erst von seiner Besprechung mit Staatsanwalt Dr. Müller zurückgekehrt war, staunte nicht schlecht, als wir mit Weinert im Schlepptau auf unserem Flur ankamen.
„Was macht der denn hier?", wollte er von mir wissen.
„Während du mit dem Müden Manfred 'nen Kaffeeklatsch abgehalten hast, haben wir den Fall gelöst!"
„WAS? Ist doch nicht wahr, oder?!"
„Doch, doch." Ich begleitete unseren MK-Leiter in sein Büro und umriss kurz die neuesten Ermittlungsergebnisse – angefangen mit dem zufälligen „Sperrmüllfund" bis zur Festnahme des Tankstellenbediensteten.
Karl-Heinz nickte zufrieden. „Gute Arbeit, Jung. Dann kannst du den ja jetzt mit dem Thorsten vernehmen. Ich geb Micha und dem Alten Bescheid. Bis später!"

Inzwischen war es zehn nach zwölf. Die Sonne schien gefiltert durch die zugezogene Jalousie meines Büros, als ich mit der Beschuldigtenvernehmung von Sascha Weinert begann. Thorsten hatte es sich neben mir am PC bequem gemacht, während Weinert mit gesenktem Kopf vor sich hinstarrte.

Nachdem ich Weinert über seine Rechte belehrt hatte, die er garantiert nicht verstand – obwohl er mir das Gegenteil versicherte –, befragte ich ihn zu seinen persönlichen Daten. Danach „interviewte" ich ihn zum Tatvorwurf der Tötung von Faruk Al-Hafez. Von seinem Recht, einen Anwalt zu Rate zu ziehen, wollte er keinen Gebrauch machen. Thorsten schrieb am PC eifrig mit.

„Ja, ich geb's zu, ich hab dem Toten wehgetan."

„Warum?"

Weinert schüttelte den Kopf. „Das war eine ganz blöde Sache, wissen Sie? Der Chef meiner Tankstelle hatte mir an dem Abend früher freigegeben, weil nicht so viel los war. Und da hab ich gedacht, dass ich mal beim Mike vorbeigucke. Der ist abends oft im Garten. Ich mag den sehr gern. Und vielleicht würde er ja was mit mir trinken und quatschen. Das machen wir total oft. Der Mike weiß immer so interessante Geschichten aus dem Knast, die er mir dann erzählt. Aber das geht ja jetzt nicht mehr. Der ist ja weg. Ich fand das doch immer so spannend!"

Die Einsilbigkeit, mit der sich Weinert ausdrückte, erinnerte mich an ein Kind im Grundschulalter.

„Also, ich bin dann mit meinem Roller zum Garten gefahren. Und da hab ich gesehen, dass beim Mike wirklich noch Licht im Garten an war. Und da hörte ich ganz laute Stimmen aus dem Garten. ‚Das war das letzte Mal, dass ich die Scheiße mitmache!', hat der Mike zu so 'nem Mann gesagt. Aber der andere Mann war auch sehr sauer. Wann Mike aussteigen könnte, würden er und sein Bruder sagen. Ich hab richtig Angst gekriegt. Das hab ich noch nie miterlebt. Ich hab gedacht, die würden sich gleich prügeln, so laut war's. Dann bin ich in unseren Garten und hab in der Kiste in der Ecke meinen Baseballschläger geholt. Ich hatte so 'ne Angst um den Mike und wollte ihm helfen. Als ich dann zurückgekommen bin, hab ich gesehen, wie der Mann aus dem Garten vom Mike rauskam, mit 'ner Sporttasche in der Hand. Er schrie

noch was in Mikes Richtung. Ich weiß aber nicht mehr, was."
„Und dann?"
„Ich hab nicht gewusst, ob er dem Mike was angetan hat. Aber der sah so böse aus. Und ich wollte doch dem Mike helfen. Ich bin dem Mann nachgegangen. Und vor dem Garten hab ich ihn gesehen. Er hat sich zu mir herumgedreht. ‚Was ist?', hat er mich sehr streng gefragt. Ich hab am ganzen Körper so richtig gezittert. Und dann hab ich meinen Schläger ganz feste gepackt und ihm auf die Knie gehauen. Der hat dann total laut geschrien und ist hingefallen. Und da hab ich mich so erschreckt, dass ich weggelaufen bin."

Ich schaute den Düsseldoofen fragend an, der gebannt auf den Bildschirm starrte und auf die Tastatur hämmerte. „Wie?! Sie sind dann einfach so gegangen?"
„Ja. Ich hab was rascheln gehört und hab gedacht, dass ich richtigen Ärger kriege."
„Herr Weinert, das wollen Sie mir doch nicht allen Ernstes erzählen? Was haben Sie mit der Sporttasche gemacht, die der Mann bei sich trug?"
Aber Weinert zuckte nur mit den Achseln. Der Schweiß lief ihm in Strömen übers Gesicht. „Nichts. Ich bin gegangen."
„Ich halte Ihnen aber vor, dass man Ihren Baseballschläger, auf dem nachweislich das Blut des Toten haftet, zusammen mit einer Sporttasche, in der sechs Kilo Heroin waren und die vermutlich Al-Hafez gehörte, auf einem Sperrmüllhaufen gefunden hat. Wie sollten diese Beweismittel bitteschön dort hinkommen, wenn nicht durch Sie? Davon abgesehen, dass mit Ihrem Baseballschläger Al-Hafez' Schädel eingeschlagen wurde!"
„A-a-aber ich war's doch nicht! Ich hab den Schläger dagelassen und bin weggelaufen!"
„Ganz ehrlich: Diese Geschichte können Sie Ihrer Oma erzählen! Ich glaube Ihnen kein Wort. Ich denke vielmehr, dass Sie sich mit dieser Behauptung nur schützen wollen!"

„Aber ..."

Ich schlug mit der Faust auf den Tisch. „Verscheißern Sie mich doch nicht!"

Eiligen Schrittes verließ ich wütend mein Büro, um mit Karl-Heinz zu sprechen. Nachdem ich ihm von Weinerts Teilgeständnis berichtet hatte, sagte er: „Ich geb dir vollkommen recht. Reine Schutzbehauptungen. Ich setz mich sofort mit dem Staatsanwalt in Verbindung. Wir müssen den so schnell wie möglich beim Haftrichter vorführen. Soll der entscheiden. Der Typ ist unser Mann – garantiert! Außerdem werde ich die Durchsuchung der Wohnung anregen. Vielleicht finden wir bei Weinert zuhause ja noch weitere Hinweise auf seine Täterschaft."

Karl-Heinz rief bei Dr. Müller, unserem zuständigen Staatsanwalt, an. Nach einigen Minuten des Wartens meldete er sich bei Karl-Heinz telefonisch zurück. „Doktor Müller stellt Haftantrag, will den Weinert morgen Mittag im Büro des Haftrichters im PG vorführen. Er beantragt einen Durchsuchungsbeschluss für Weinerts Wohnung. Hacki und Ralf sollen sich darum kümmern, ich sag ihnen Bescheid."

Ich nickte Karl-Heinz zu und ging wieder in mein Büro, wo Sascha Weinert in sich zusammengesunken dasaß. Thorsten sah gelangweilt Richtung Decke und fuhr sich durchs nackenlange Haar.

„Herr Weinert, Sie werden morgen Mittag dem Haftrichter vorgeführt. Es wäre in Ihrem eigenen Interesse, wenn Sie sich einen Anwalt nehmen würden." Obwohl ich von seiner Schuld überzeugt war, tat mir der Junge leid.

Sascha Weinert schaute mich mit fragend weit geöffnetem Mund an. „A-aber ich kenn doch keinen Anwalt."

„Dafür gibt's doch den Anwaltsnotdienst."

So wählte ich die Telefonnummer des „Anwaltsnotdienstes in Strafsachen des Kölner Anwaltvereins e.V.", der seinen Sitz im Justizzentrum an der Luxemburger Straße hatte.

Am anderen Ende der Leitung meldete sich die schläfrige Stimme von Manuel Hernández y Scholz. Auch wenn ich von den juri-

stischen Qualitäten des jungen Nachwuchsanwaltes Hernández y Scholz – im Gegensatz zu den übrigen Anwälten, die für den Notdienst arbeiteten – alles andere als überzeugt war, übergab ich Weinert den Hörer.
So, wie während der zurückliegenden Vernehmung, war Weinert auch bei der folgenden Konversation ziemlich einsilbig und unbeholfen.
„Ja ... Weinert heiß ich ... Ich bin hier bei der Polizei. Man hat mich verhaftet ... Weil ich hier irgendwie was mit einem Mord zu tun haben soll ... Ja, bitte." Er reichte mir den Hörer. „Der will mit Ihnen sprechen."
Ich umriss kurz den Sachverhalt und informierte den Anwalt über den Vorführungstermin am nächsten Mittag.
Weinert starrte teilnahmslos auf den grauen Teppichboden. Es war Viertel vor zwei.
Ich ließ Weinert das Vernehmungsprotokoll durchlesen und unterschreiben. Da Thorsten seine wörtliche Rede sehr originalgetreu wiedergegeben hatte, verstand unser Beschuldigter jeden Satz auf Anhieb.
Gemeinsam mit Thorsten brachte ich Weinert anschließend ins PG.
Danach gingen wir in die Pizzeria meines Freundes Gaetano, wo wir zur Stärkung eine leckere Pizza verspeisten.
Der Rest des Arbeitstages verlief in ruhiger Atmosphäre. Wir schienen den Fall gelöst zu haben. Auch wenn es mir irgendwie missfiel, dass Motteks „Fast-Stiefsohn" der Täter war. Ralf und Hacki hatten während der Wohnungsdurchsuchung kein weiteres belastendes Material gefunden. Aber wir hatten auch so genug gegen ihn in der Hand.

Ich rief Mottek an, der verzweifelt klang. „Wie geht's dem Jungen?", wollte er wissen.
„Markus, es tut mir leid. Aber so, wie es aussieht, hat Sascha Al-Hafez tatsächlich umgebracht. Er wird morgen dem Haftrichter vorgeführt."

„Das kann nicht sein, Mann! Sascha würde so was niemals machen! Deine Kollegen haben hier doch auch nichts gefunden, was den Tatvorwurf untermauert."
„Das hat aber gar nix zu bedeuten. Er hat immerhin zugegeben, die Kniescheiben des Toten mit seinem Baseballschläger zertrümmert zu haben. Markus, es sieht wirklich alles danach aus, dass er der Täter ist. Er wollte damit Mike Spich schützen. Tut mir wirklich verdammt leid, Jung!"
„Scheiße! Wie kann ich dem Jungen denn jetzt helfen?"
„Indem du einfach für ihn da bist. Morgen wird er dem Richter vorgeführt. Und so, wie ich die Lage einschätze, schickt der Sascha in U-Haft. Dann musst du dich um ihn kümmern. Der Junge braucht jetzt deine Hilfe."
„Ich denke, du hast recht. Danke, Pitter!" Ich konnte Motteks Verzweiflung aus jeder Silbe heraushören.
Bis zum späten Abend saß ich mit Karl-Heinz und Thorsten über der Ermittlungsakte. Für die Vorführung musste sie schließlich lückenlos sein.
Gegen elf ging ich nach Hause. Nach der fünften Flasche Kölsch schlief ich auf der Couch ein. Die Albträume, die mich in jener Nacht plagten, ließen mich am nächsten Morgen schweißgebadet aufwachen ...

10. Kapitel: Die Vorführung

Büro des Haftrichters beim Polizeipräsidium Köln, Abteilung Gefahrenabwehr/Strafverfolgung, Bereitschaftspolizei/Polizeisonderdienste, Polizeigewahrsamsdienst, Walter-Pauli-Ring 2-4, 51103 Köln-Kalk, Dienstag, 16. September 2003, 14:00 Uhr

Wie am Vortag schien auch an diesem Dienstag die Sonne. Bereits den ganzen Vormittag hatte sich mein Magen bei dem Gedanken an den bevorstehenden Vorführtermin, dem ich zusammen mit Karl-Heinz beiwohnen wollte, spürbar verkrampft.
So betrat ich dann auch mit sehr gemischten Gefühlen um fünf vor zwei den Trakt des Polizeigewahrsams, wo wir auf den Müden Manfred trafen, der sich mit einem schmächtigen Mann Anfang dreißig unterhielt. Manuel Hernández y Scholz gab eine traurige Gestalt ab. Von seinem spanischstämmigen Vater, der eine renommierte Anwaltskanzlei am Neumarkt betrieb, schien er bis auf den wohlklingenden Namen rein gar nichts geerbt zu haben. Temperament strahlte er nun wirklich nicht aus … Das kurze Haar war für sein Alter bereits sehr licht, das graue Jackett und die ausgeblichene Jeans eine Nummer zu groß. Der Strafverteidiger sah wie ein überreifer Schuljunge aus, den man in den Kommunionsanzug seines größeren Bruders gesteckt hatte.
Karl-Heinz und ich begrüßten die beiden Juristen, die sich in puncto „Dynamik" in nichts nachstanden. Einer wirkte verschlafener als der andere.
Eine hübsche Blondine meines Alters kam aus dem Büro mit der Aufschrift *Haftrichter* und bat uns in das Arbeitszimmer, das fast tagtäglich von den Richtern des Amtsgerichts aufgesucht wurde, um Vorführtermine abzuhalten.
Wir betraten das Büro, das genauso nüchtern eingerichtet war wie unsere eigenen Dienstaume. Zwei uniformierte PG-Kollegen brachten den Beschuldigten Weinert in das Richterzimmer.

Ich klopfte ihm auf die Schulter. „Und, alles klar, Herr Weinert?"

Er schaute mich aus rot unterlaufenen Augen an. „Nein. Ich möchte gerne nach Hause. Mir gefällt es hier nicht so sehr. Wie lange muss ich denn noch hierbleiben?"

Nachdem Dr. Müller, Karl-Heinz und ich sowie Weinert und sein Anwalt an zwei kleinen Tischen vor dem großen Schreibtisch des Richters Platz genommen hatten, setzte sich die hübsche Justizangestellte, deren Rock viel zu kurz war, um den Blick von ihr abzuwenden, an einen Computer am Rande des richterlichen Schreibtischs.

Der Richter, Herbert Gschwendtner, betrat das Büro. Er war ein großer dunkelhaariger Mann Anfang fünfzig. Die Spitzen seines Schnauzbarts waren gezwirbelt, sein kariertes Tweedjackett mit rotem Einstecktuch spannte über seinem Bauch. Grimmig sah er in die Runde. Kein Zweifel: Auch sein Äußeres passte zu seinem Ruf als knallharter Ermittlungs- und Haftrichter.

„Servus, Herrschaften", sagte er mit seiner tiefen Stimme zur Begrüßung und nahm auf seinem Bürostuhl Platz. Er fragte Weinerts Anwalt, ob er gegen die Anwesenheit von uns beiden Kripobeamten etwas einzuwenden habe, was dieser verneinte.

Dann sagte Hubert Gschwendtner eine ganze Zeit nichts. Er schaute sich die Ermittlungsakte der Staatsanwaltschaft genauestens durch und brummte ab und an „soso" oder „Da schau her!".

Nach etwa zehn Minuten sah er Weinert scharf in die Augen. „So, Herr Weinert, dann wollen wir mal. Zunächst müssen wir nochmal Ihre Personalien durchgehen."

Pflichtbewusst beantwortete Sascha Weinert jede Frage zu seinem familiären Hintergrund und seinem Werdegang. Nachdem Gschwendtner den von der enormen Präsenz des Richters eingeschüchterten jungen Mann über seine Rechte belehrt hatte, begann er mit der Befragung. „Herr Weinert, die staatsanwaltschaftlichen Ermittlungen im Falle des getöteten Faruk Al-Hafez haben

letztendlich zu Ihrer vorläufigen Festnahme wegen des dringenden Tatverdachts der Tötung geführt. Was sagen Sie zu diesem Tatvorwurf?"
Manuel Hernández y Scholz stupste seinen Mandanten kurz an, der wie in Trance zu sein schien. „Ich war das nicht. Ich hab nichts gemacht."
„Aha. Aber gegenüber den Kripobeamten haben Sie gestern doch eingeräumt, Al-Hafez' Kniescheiben mit Ihrem Baseballschläger verletzt zu haben?"
„Ja."
„Also haben Sie ja doch was gemacht!"
„Nein!"
„Allmächtiger! Wollen Sie mich auf den Arm nehmen?"
„Entschuldigung. Ich wollte Sie nicht sauer machen."
Hernández y Scholz, der kurz vorm Einschlafen schien, beugte sich zu seinem Mandanten und flüsterte ihm etwas ins Ohr. Mit zitternder Stimme fuhr Weinert fort: „Ich habe den Schläger gepackt und auf seine Kniescheiben gehau'n – das stimmt."
„Wie ist es dazu gekommen?" Gschwendtner sah Weinert feindselig an. Aus früheren Verfahren wusste ich, dass Geduld nicht gerade zu seinen Stärken gehörte ...
„Ich wollte meinen Freund Mike besuchen und hab ..."
„Wer ist Mike?"
„Mike Spich. Ich bin zu ihm gefahren ..."
„Wann und wo?"
„An dem Samstagabend, als das dann passiert ist. Das war vorletztes Wochenende. Und weil ich früher freihatte, bin ich in die Laube vom Mike nach Buchforst. Ich wollte mit ihm was trinken und reden."
„Um wie viel Uhr war das?"
„Ich weiß es nicht mehr genau. So gegen halb elf, glaub ich."
„Gut. Weiter."
Weinert stockte einen Moment, was Hernández y Scholz mit einem leichten Stoß gegen die Schulter, der seinen Mandanten zum Weiterreden auffordern sollte, quittierte.

„Also, dann war ich da und hab gehört, wie der Mike und der Mann sich gestritten haben. Beide waren sehr laut. Ich hab gehört, dass der Mike sagte: ‚Das war das letzte Mal, dass ich die Scheiße mitmache!' Und der andere hat gesagt, dass das er – der andere – und sein Bruder aber entscheiden würden, wann der Mike aufhören kann." Weinert blickte seinen Anwalt hilfesuchend an, der nur freundlich lächelte und nickte. „Und weil ich voll die Angst um meinen Freund Mike hatte, bin ich in unseren Garten und hab meinen Schläger geholt."

Gschwendtner hob die Hand. „Gut. Bis hierhin. – Frau Berger, fürs Protokoll: *Nach Aufforderung, die Geschehnisse am Tatabend aus meiner Sicht zu schildern, gebe ich Folgendes zu Protokoll: Am Samstag, den 6. September 2003, gab mir mein Chef früher frei. In der Absicht, mit meinem Bekannten Mike Spich einen gemütlichen Abend zu verbringen, fuhr ich gegen 22.30 Uhr in dessen Gartenlaube nach Buchforst. Dort vernahm ich laute Stimmen. So hörte ich, wie mein Freund Mike mit einem mir bis dato Unbekannten stritt. Er sagte, dass dies das letzte Mal sei, dass er die ‚Scheiße mitmache', woraufhin der Unbekannte entgegnete, seinem Bruder und ihm obliege die Entscheidung, wann Spich aufhören könne. In der Absicht, meinem Bekannten in dieser misslichen Situation beizustehen, bin ich in meine Laube gegangen, um meinen Baseballschläger zu holen.'* Gut. Weiter. Was ist dann passiert?"

Frau Berger hämmerte auf die Tastatur und lächelte mich an. Ihr blauen Augen funkelten. Sie war wirklich mehr als eine Sünde wert …

Aber Weinert schaute den Richter nur fragend an. „Was?"

„Sakratie, wie ist die Sache an dem Samstag dann weitergegangen, nachdem Sie den Schläger geholt haben? Allmächd, Sie san aber schwer von Begriff!"

„Als ich dann zurückging, hab ich gesehen, wie der Mann aus der Laube vom Mike kam. Der hatte 'ne Sporttasche in der Hand. Ich bin ihm dann hinterhergegangen."

„Und warum?", wollte der Richter wissen.

Eine verdammt gute Frage, die ich bei der polizeilichen Vernehmung gar nicht gestellt hatte. Wie Weinert mir selbst erzählt hat-

te, hatte er große Angst um seinen Freund gehabt. Aber warum war er dann Al-Hafez nachgegangen, anstatt nachzusehen, ob es Spich gut ging?
„Daran kann sich mein Mandant nicht erinnern", warf Hernández y Scholz ein, bevor Sascha Weinert selbst antworten konnte. „Er handelte in dieser Situation, in der er um seinen Freund besorgt war, nicht rational." Mit dieser Aussage hatte sich der Anwalt selbst übertroffen. Ein solches Statement hatte ich ihm nun wirklich nicht zugetraut!
„Wenn Sie meinen. Und dann?"
„Der Mann hat sich zu mir umgedreht und mich voll böse angesehen und gefragt, was ich von ihm will. Und da hab ich so dolle Angst gekriegt, dass ich ihm den Schläger auf die Beine gehauen hab!"
„Warum denn auf die Beine?"
„Das versteh ich nicht!"
„Warum haben Sie ihm auf die Beine gehauen und nicht auf den Kopf oder Körper?"
Weinert zuckte mit den Schultern. „Ich weiß nicht. Ich wollte nicht, dass er auf mich losging. Aber ich wollte ihm auch nicht wehtun."
„Und deshalb haben S' mit am Baseballschläger zugehauen?! Klar!" Gschwendtner beugte sich vor. Er wurde nun lauter.
„Wissen Sie eigentlich, was man mit so am Schläger für Verletzungen verursachen kann? Und Sie wollen mir weismachen, dass Sie Al-Hafez nicht wehtun wollten?! So a saudumms Gschmarri hob i selten g'hört! Soll'n mir des wirklich so zu Protokoll nehmen?!"
Weinert und Hernández y Scholz blickten sich kurz an, aber der Anwalt zuckte nur mit den Schultern. „Ja, klar."
Der Richter warf resigniert die Arme hoch.
„Frau Berger? Schreiben S': *Als ich aus meiner Gartenlaube zurückkehrte, sah ich, wie Al-Hafez die Parzelle meines Freundes mit einer Sporttasche in der Hand verließ. Aus Gründen, an die ich mich heute nicht mehr erinnern kann, bin ich ihm nachgegangen. Al-Hafez drehte sich zu mir um und schaute*

mich böse an. Dann fragte er mich, was ich wolle. Aus Angst schlug ich ihm mit dem Baseballschläger auf die Knie. Ich wollte ihm nicht wehtun, sondern verhindern, dass er näherkam und mich angreifen konnte.' – Bis dahin. Was ist dann passiert?"

„Ich hab den Schläger fallen lassen und bin gegangen."

„Sie haben also Al-Hafez quasi am Boden liegen lassen und sind gegangen?!"

„Ja."

„Sie haben ihm nicht noch den Schläger über den Kopf gezogen?"

„NEIN!!! Das wäre ja sehr böse gewesen! So was mach ich nicht!"

Neben mir vernahm ich ein kurzes Schnarchen. Der Müde Manfred war tatsächlich eingeschlafen ...

„Was haben Sie mit dem Baseballschläger und der Tasche gemacht?"

„Nichts. Ich bin einfach gegangen. Das war alles. Ich hab den Mann nicht getötet!"

„Frau Berger: *‚Auf Nachfrage, was danach passiert sei, gebe ich an, den Schläger und die Tasche fallen gelassen zu haben und gegangen zu sein. Die Frage, ob ich auch Al-Hafez' tödliche Kopfverletzung mit dem Baseballschläger verursacht habe, verneine ich ausdrücklich, da ich so etwas nicht mache, weil es sehr böse gewesen wäre. Ich gebe zwar zu Protokoll, für die Kniezertrümmerungen von Faruk Al-Hafez verantwortlich zu sein, in Bezug auf die Herbeiführung seiner tödlichen Schädelverletzungen trifft mich jedoch keine Schuld. Nach der Tatausführung habe ich Al-Hafez mit seinen Knieverletzungen liegen lassen und bin gegangen. Den Schläger und die Tasche habe ich dabei am Tatort belassen.'* Frau Berger, sind S' soweit fertig?"

Die hübsche Justizangestellte spitzte ihren Schmollmund und überprüfte den Text. „,*... am Tatort belassen.'* – So, fertig!"

„Dann drucken S' des aus."

Nachdem Weinert das ausgedruckte Protokoll gelesen hatte – wobei sein Anwalt ihm diverse Wörter erklären musste, da Gschwendtner Weinerts Aussage stellenweise ja alles andere als

wortgetreu diktiert hatte – unterschrieb er das Vernehmungsprotokoll mit zittriger Hand. Gschwendtner riss ihm das Schriftstück regelrecht aus den Fingern.
„Gut, ich denke, das war alles. Ich werde jetzt darüber entscheiden, ob Sie in Untersuchungshaft kommen. So lange können Sie auf dem Flur warten."

So gingen wir zu fünft auf den Flur. Ich setzte mich mit Karl-Heinz und Dr. Müller ein wenig abseits hin.
„Der Gschwendtner hat den Jungen ja gut in die Mangel genommen, was?"
„Davon kannst du ausgehen."
Dr. Müller beteiligte sich nicht an unserer Diskussion. Wie immer sagte er überhaupt keinen Ton. Ich fragte mich manchmal, wie der sich überhaupt dazu durchringen konnte, im Verhandlungssaal Fragen zu stellen und Plädoyers zu halten ...

Nachdem ich von der Toilette zurückgekehrt war und die Uhr zwischenzeitlich 15.06 Uhr anzeigte, kam die hübsche Frau Berger aus dem Büro. Sie zwinkerte mir fast unmerklich zu. „Meine Herren, es geht weiter." Nur allzu gerne folgte ich der Dame. Ich fragte mich, ob ich sie nicht einfach auf einen Kaffee einladen sollte. Aber dazu konnte ich mich letztendlich doch nicht entschließen. Was das Anbändeln mit Frauen anging, war ich irgendwie aus der Übung gekommen. Und eigentlich wollte ich ja auch nur eine Frau – Maria ...
Weinert und sein Anwalt hatten bereits Platz genommen, als wir zu dritt den Raum betraten. Kurz nach uns stürmte Richter Gschwendtner in das Amtszimmer und ließ sich auf seinen Drehstuhl fallen. „Es ergeht folgender Beschluss", sagte er und sah sich bedeutsam um. In der Hand hielt er eine Aktenmappe, aus der er nun vorlas:

„Gegen den Tankstellenmitarbeiter Sascha Henning Weinert, deutscher Staatsangehöriger, ledig, geboren am 10. April 1980 in Kirchheimbolanden, wohnhaft Düsseldorfer Straße 14-16, 51063 Köln-Mülheim, wird wegen des dringenden

Tatverdachts des Mordes an dem libanesischen Staatsangehörigen Faruk Al-Hafez die Untersuchungshaft angeordnet. Die Strafbarkeit ergibt sich aus Paragraf 211 des Strafgesetzbuches.
Im Laufe der richterlichen Vernehmung räumte der Beschuldigte ein, für die Herbeiführung der Knieverletzungen des Toten unter Zuhilfenahme seines Baseballschlägers verantwortlich zu sein. Zwar bestritt er im Rahmen der vorgenannten Befragung, die tödlichen Kopfverletzungen des Geschädigten verursacht zu haben, auf Grund der Indizienlage kann jedoch davon ausgegangen werden, dass Weinert aus Angst um seinen Bekannten Mike Spich das Opfer nicht nur nieder-, sondern auch erschlug. Hierfür spricht, dass Weinert zur Tatzeit am Tatort war und der tödliche Anschlag unter Verwendung seines Baseballschlägers, an dem Blut und Hirngewebe anhafteten, die zweifelsfrei dem Toten zuzuordnen sind, durchgeführt wurde. Die in diesem Zusammenhang hervorgebrachten Einlassungen des Beschuldigten erscheinen nicht glaubhaft.
Als Grund für die Tötung kann der Wunsch nach Vergeltung für den vermeintlichen Angriff Al-Hafez' auf Mike Spich angesehen werden, da der Beschuldigte Weinert zum Zeitpunkt der Tatausführung von einem derartigen Delikt zum Nachteil seines Bekannten ausging. Hierdurch ist das Merkmal eines sonstigen niedrigen Beweggrundes verwirklicht.
Weiterhin erfüllte der Beschuldigte bei der Tatausführung das Mordmerkmal der Grausamkeit, da das Opfer durch die mittels eines Baseballschlägers herbeigeführten Verletzungen erheblichen körperlichen Qualen ausgesetzt war.
Auf Grund der Schwere der Straftat und der damit verbundenen Höhe der Strafandrohung besteht die Gefahr, dass sich der Beschuldigte der Strafverfolgung durch Flucht entzieht. Diese Fluchtgefahr wird durch die rudimentären hiesigen sozialen und familiären Bindungen des Beschuldigten verstärkt ausgeprägt."

Während Weinert in Tränen ausbrach und von den PGD-Kollegen in den Zellentrakt abgeführt wurde, überreichte Gschwendtner dem Strafverteidiger eine Kopie des auf dem unverkennbaren roten DIN-A4-Papier abgedruckten Haftbefehls, schlug die Akte zu und verließ den Raum.

Wir hatten nun eigentlich nicht mehr viel zu tun, der Fall schien klar.

***

Abends besuchte ich Markus in seinem Schrebergarten. Er kümmerte sich liebevoll um seine Rosenzucht und schien mich zunächst gar nicht zu bemerken.
Schweren Herzens sprach ich ihn an: „Hallo, Markus!"
Mottek drehte sich um. „Tach, Pitter!" Er kam auf mich zu und schüttelte den Kopf. „Ich hab's schon gehört. Scheiße! Ich hätte nicht gedacht, dass es so weit kommt! Gibt's denn noch Hoffnung?"
Aber außer Schulterzucken blieb mir nicht viel übrig. „Ehrlich gesagt glaub ich nicht dran. So, wie es aussieht, war Sascha der Täter. Du glaubst nicht, wie sehr mir das leidtut!"
„Ach, das Schlimme ist, dass ich die Schuld trage. Wenn ich mich früher nur mehr um den Jungen gekümmert hätte. Er brauchte einen starken Freund oder Vater, der ihn auf den rechten Weg geführt hätte. Ich hab ihn immer nur angebrüllt und mich vor der Vaterrolle gedrückt. Und er sucht sich ausgerechnet diesen Spich als Kumpel aus, der nichts taugt."
„Du warst doch selber mit ihm befreundet!"
„Schon. Du hast ja recht. Ach Mann, ich weiß auch nicht. Pils?"
„Da sag ich nicht nein!"
Als ich um zwölf nach Hause wankte, hatten wir den ganzen Abend in Markus' Garten gesessen, getrunken und gequatscht. Es tat gut, dem bedrückten „Stiefvater wider Willen" in dieser schweren Stunde beizustehen.
Die nächsten Tage verliefen ohne besondere Vorkommnisse. Wir wollten die Akten noch überarbeiten, letzte Vermerke und Berichte schreiben, bevor der Fall letztendlich zur Anklage gebracht würde. Schön war es nicht, daran mitzuwirken, die Zukunft des jungen Mannes hinter Knastmauern zu verlegen – auch, wenn er vermutlich ein Mörder war. Auf Grund seines fehlenden Intellekts hatte er den Umfang und die Folgen seiner Tat vermutlich gar nicht richtig begreifen können.

Der EXPRESS titelte zwei Tage später mit der Schlagzeile *Brutaler Bahndamm-Mörder gefasst*. Er berichtete von der Festnahme Sascha

Weinerts und stellte ihn als gewissenloses Monster dar. Damit hatte sich die Rote Zora wieder mal selbst übertroffen.

An diesem Donnerstag, den 18. September, konnte ich den Anblick des Boulevardblatts nicht ertragen. Ich zerknüllte die Zeitung und warf sie in hohem Bogen in den Mülleimer.

Immerhin besuchte mich Dario, dem es sichtlich besser ging, im Büro. Trotz seiner gesundheitlichen Fortschritte wollte er sich noch weiter schonen. „Jetzt muss ich wenigstens nicht beim Marathon antreten", sagte er und grinste.

Zweifelnd schaute ich ihn an. „Du hast doch nur was an der Nase und an der Hand und nicht am Bein, Mann. Was soll das denn für 'ne bescheuerte Ausrede sein?"

Aber mein Bürokollege zuckte fast unmerklich mit den Schultern. „Öh, ja – ich muss jetzt mal wieder gehen", stammelte er und verabschiedete sich mit einem wortlosen Kopfnicken.

Karl-Heinz rief uns an jenem Nachmittag in sein Büro. Dort hatte sich Micha Götz, unser Kommissariatsleiter aus Grevenbroich, gemeinsam mit Norbert Fahnenschmidt, dem Leiter der Kriminalgruppe 1, und Heinz Salm, dem Leiter der ZKB, eingefunden. Fahnenschmidt nahm einen kräftigen Zug an seiner Zigarette, die in einer vergoldeten Spitze ruhte, und sah uns durch die dicken Gläser seiner Brille an. Er trug wieder einmal den nachtblauen Zweireiher mit goldenen Knöpfen, weißes Hemd und dunkle Bundfaltenhose. Seine Haare wirkten leicht ungekämmt.

Kriminaldirektor Heinz Salm, ein spindeldürrer Mann Anfang fünfzig mit Pagen-Haarschnitt und altmodischem Cordanzug, lächelte uns freundlich an. Er war der Leiter der Unterabteilung Zentrale Kriminalitätsbekämpfung und einer der vorbildlichsten und beliebtesten Vorgesetzten. „Tach, die Herren. Schön, Se ze sin. Mer wollten Ihnen eigentlich nur zum erfolgreichen Abschluss der Ermittlungen jratulieren. Dat war ja wieder ein Aufstand, den die Presse da jemacht hat ..."

Aber Kriminaldirektor Norbert Fahnenschmidt, genannt „Der Alte", winkte ab. „Das ist doch halb so wild. Meine Leute kann das nicht hindern, professionelle Arbeit abzuliefern, nicht wahr, meine Herren?", sagte der Leiter der Kriminalgruppe 1 mit seinem nuschelnden Münsterländer Akzent und bemühte sich um ein aufrichtiges Lächeln, das bei ihm jedoch einfach nur selbstverliebt wirkte. Schließlich empfand er es offensichtlich als inneren Triumph, dank seiner Beförderung zum Kriminaldirektor zumindest laufbahnrechtlich mit seinem Vorgesetzten Salm endlich gleichgezogen zu haben.

Heinz Salm hingegen nickte nur und schaute sich unsicher, fast schüchtern in der Runde um. Ich musste schmunzeln. Auch, wenn der „ZKB/L" oftmals zerstreut wirkte – was ihm in Verbindung mit seinem unmodischen äußeren Erscheinungsbild den Ruf eines leicht naiv-verträumten Beamten à la Lieutenant Columbo eingehandelt hatte –, so hatte ich selten einen auch nur ansatzweise gleichwertig liebenswürdigen und kompetenten Vorgesetzten kennengelernt.

Salm klopfte dem Alten freundschaftlich auf die Schulter. „Ja, da haben Se wohl recht! Wir wollten Ihnen ja auch nur zu Ihren erfolgreichen Ermittlungen gratulieren", meinte er und verließ mit dem schweigsamen Micha und dem Alten das Büro.

Karl-Heinz zuckte angesichts dieses seltsamen Auftritts der drei Vorgesetzten nur mit den Schultern.

Der Tag verging. Mit einem unguten Gefühl im Bauch verließ ich das Büro.

11. Kapitel: Ein anonymes Schreiben

Polizeipräsidium Köln, GS, ZKB, KG 1, KK 11, MK 2, Walter-Pauli-Ring 2-4, 51103 Köln-Kalk, Montag, 22. September 2003, 07:30 Uhr

Als ich mich an jenem Montag für meine Verhältnisse gut gelaunt auf den Weg zur Frühbesprechung machen wollte, kam Karl-Heinz mit Thorsten und Marco im Schlepptau in mein Büro gestürmt. Wortlos knallte mir mein MK-Leiter einen Zettel auf den Tisch, auf dem aus Zeitungen ausgeschnittene Buchstaben klebten.

Der, den Sie festgenommen haben, ist nicht der Mörder vom Buchforster Bahndamm! Ich war's! Lassen Sie den Mann frei!

„Was sagst du dazu, Pitter?" Ich starrte auf den Zettel. „Keine Ahnung. Vielleicht irgendein verrückter Trittbrettfahrer, der von dem Fall in der Zeitung gelesen hat und sich wichtigmachen will. Das hat gar nix zu bedeuten."
„Für den Müller seltsamerweise schon. Ich hab das auch nicht ganz verstanden – aber als ich den vorhin angerufen habe, hat er gesagt, dass wir vorerst weiterermitteln sollen! So hab ich den bisher auch noch nicht erlebt!"
„Ist doch Schwachsinn! Da hat sich so 'n Hempel 'nen Spaß mit uns erlaubt." Ungläubig sah ich meine drei MK-Kollegen an. „Ihr glaubt doch da nicht im Ernst dran, oder?"
Aber meine Kollegen blieben stumm.
„Na ja. Und wo sollen wir anfangen?"
„Das ist eine gute Frage. In den nächsten Tagen sollten wir nochmals die Akten wälzen und uns unsere bisherigen Erkenntnisse, die wir zu allen Tatverdächtigen gesammelt haben, genauestens ansehen. Wer weiß: Vielleicht finden wir ja doch noch irgendwelche Hinweise, die wir vorher nicht beachtet haben", meinte Karl-Heinz.

In diesem Moment kam meine Kollegin Nina Ossendorf in mein Büro. „Ach, da seid ihr alle. Was ist denn hier für 'ne Versammlung? Ich wollte mich eigentlich nur vom Lehrgang zurückmelden."

„Wie war's denn? Weißt du jetzt endlich, wie man 'nen Mordfall aufklärt?", fragte ich meine sympathische Kollegin. Nina hatte an dem zweiwöchigen Abschnitt des Lehrgangs „Kapitaldelikte/Todesermittlungen" teilgenommen.

„War schon interessant", antwortete sie. „Ist aber schön, wieder im Büro zu sein. Das ewige Zuhören und Rumsitzen geht einem nach zwei Wochen auch auf die Nerven – obwohl die rechtsmedizinischen Vorträge voll cool waren."

Während Nina das Büro verließ, um sich bei unserem MK-Leiter Theo zurückzumelden, der ebenfalls seinen ersten Arbeitstag nach dem Urlaub hatte, machten wir uns erneut ans Werk, auch wenn es wenig erfolgversprechend war. Wer außer Weinert sollte für die Tat in Frage kommen?

***

Selbst Dienstagabend, nach Dienstschluss, hatten wir noch nichts Neues herausfinden können. Wir drehten uns im Kreis. Egal, welche Möglichkeit wir auch in Betracht zogen: Sie brachte uns nicht den kleinsten Schritt weiter.

Entsprechend lustlos fuhr ich zu meiner Chorprobe, an der Dario – wenn auch nur als zuhörender Gast – teilnahm. Seine Anwesenheit brachte wieder etwas Freude in die zuletzt trostlose Stimmung unseres Vereins.

Nachdem wir ein paar Kölsch getrunken und Dario unseren gespannt zuhörenden Vereinskameraden von dem Einsatz, der zu seiner Nasenbeinverletzung geführt hatte, erzählt hatte, fuhren wir heiter nach Hause.

12. Kapitel: Kommissar Zufall und seine merkwürdigen Methoden

Polizeipräsidium Köln, GS, ZKB, KG 1, KK 11, MK 2, Walter-Pauli-Ring 2-4, 51103 Köln-Kalk, Mittwoch, 24. September 2003, 09:15 Uhr

Einen weiteren Tag Aktenwälzen. Ich konnte die Vernehmungsprotokolle und Vermerke langsam nicht mehr sehen. Wie oft sollten wir sie denn noch durchgehen?
Gedankenversunken blickte ich in den blauen Himmel vor meinem Bürofenster im vierten Stock des Gebäudeblocks A. Noch drei Tage und ich würde meinen achtunddreißigsten Geburtstag feiern – den zweiten ohne meine Frau. Ob es ihr gut ging? Ob sie mir meinen „Überfall" verziehen hatte? Ersteres wahrscheinlich ja, zweiteres mehr als wahrscheinlich „NEIN".
Ich war mit meinen Gedanken ganz woanders und konnte mich gar nicht richtig auf meine Arbeit konzentrieren.
„Hallo Pitter!", riss mich eine sympathische weibliche Stimme aus meinen trüben Tagträumen.
Ich blickte auf und entdeckte im Türrahmen die erste Kriminalhauptkommissarin Dagmar Thiele, eine Kollegin mit langen blonden Haaren und großen blauen Augen. Die Endvierzigerin trug zu ihrem grauen Blazer, dem schwarzen Oberteil und der schwarzen Stoffhose als Farbtupfer einen türkisfarbenen Schal. Dagmar Thiele, die Leiterin des für Sexualdelikte und Vermisstensachen zuständigen KK 12 und die langjährige Lebensgefährtin von Lothar Heidmüller, dem Dienstgruppenleiter der K-Wache 2, trat in mein Büro und reichte mir die Hand.
„Mensch, Dagmar, wir haben uns ja ewig nicht mehr gesehen. Wie geht's dir?"
Sie winkte ab. „Hör bloß auf. So viel Arbeit wie in letzter Zeit hatten wir schon lange nicht mehr. Es scheint, als gäb's in Köln von

Tag zu Tag mehr Nutten, Zuhälter und Vergewaltiger! Zwei Ermittlungskommissionen auf einmal! Das ist kaum zu bewältigen. Vor allem in diese EK ‚Janine' aus Lechenich sind viele Mitarbeiter meines Kommissariats eingebunden. Wir müssen endlich Ergebnisse liefern. Die Presse macht richtig Druck. Ein verschwundenes Mädchen sorgt nun mal leider für ‚beste' Schlagzeilen. Von der aufgebrachten Bevölkerung ganz zu schweigen ... Eigentlich wollte ich letzte Woche mit dem Lothar 'ne Städtetour nach Prag machen. Aber so wie's momentan aussieht, kann ich mir das wohl abschminken. Na ja, egal. Wie läuft's bei euch so?", fragte die liebenswürdige Kollegin, setzte sich auf Darios Platz und zündete sich eine Zigarette an.

„Frag lieber nicht! So 'n beschissener Mordfall. Alles Käse!"

„Dann geht's dir wenigstens nicht besser als mir. Sehr tröstlich!"
Ihre gute Laune steckte mich an.

„Du, ich wollte dich fragen, ob ich deinen Karnevalsverein für meine Geburtstagsparty im November buchen kann. Ich will endlich mal ein wenig größer feiern. Und dafür bin ich noch auf der Suche nach einem Show-Highlight."

„Na, dann frag doch besser direkt mal den Erich. Der regelt das bei uns", meinte ich und notierte ihr seine Handynummer.

„Besten Dank", sagte sie, nahm den Zettel entgegen und stand wieder auf. Dabei fiel ihr Blick auf die Pinnwand mit Bildern des Toten, die hinter Darios Platz stand. „Ist das euer Toter?", wollte sie wissen.

„Ja. Faruk Al-Hafez. Am Buchforster Bahndamm mit eingeschlagenem Schädel aufgefunden."

Dagmar Thiele setzte ihre kleine Lesebrille auf und schaute sich die Bilder genauer an. „Das gibt's doch gar nicht!"

„Was meinst du?"

„Dieser Tote – der sieht fast genauso aus wie Erhan Yükselen."

„Erhan wer?"

„Oh, entschuldige. Also, ich hab dir ja gerade von unseren beiden aktuellen Ermittlungskommissionen erzählt. Die andere – EK

‚Bahnhof' haben wir die genannt – wurde vor einem halben Jahr eingerichtet, nachdem drei Frauen in Mülheim und Buchforst brutal überfallen und vergewaltigt wurden. Der Täter ging immer nach dem gleichen Schema vor. Er lauerte ihnen abends auf – meistens an einsamen Plätzen wie dem Aufgang zur S-Bahn-Haltestelle Buchforst und dem Bahnhof Mülheim. Nachdem er sie vergewaltigt hatte, ritzte er ihnen mit einem Klappmesser die Buchstaben E und Y auf die Brust und sagte, dass sie nun ‚für immer ihm gehören' würden. Dieses perverse Schwein! Der Täter war nie maskiert, wir konnten ziemlich gute Phantombilder von ihm anfertigen. Wir ermittelten auf Hochtouren. Und trotzdem schaffte es Erhan Yükselen noch, vier weitere Frauen innerhalb kürzester Zeit zu vergewaltigen, bis wir ihn vorige Woche endlich festnehmen konnten."

„Und er beschränkte sich immer auf das Gebiet von Buchforst und Mülheim?"

„Ja. Alles in der Nähe seiner Wohnung. Yükselen wohnt in der Tiefentalstraße. So 'ne verkommene Drecksbude wie von dem hab ich selten gesehen."

„Und der sieht unserem Toten so ähnlich?"

„Wenn ich's dir doch sage! Könnten Brüder sein. Ich kann dir gerne mal die Akte zeigen!"

„Wäre vielleicht nicht schlecht."

Als Dagmar einige Minuten später mit ihrer Ermittlungsakte zurückkam, erschrak ich tatsächlich für den Bruchteil einer Sekunde. Erhan Yükselen, der Vergewaltiger, sah unserem Drogendealer Faruk Al-Hafez in der Tat ziemlich ähnlich. Kurze Haare, Adlernase, schmaler Oberlippenbart. Eine gute Personenbeschreibung hätte auf beide zutreffen können.

Ich blätterte mich durch die Akte, während Dagmar eine weitere Zigarette rauchte. Gott sei Dank war der militante Nichtraucher Dario nicht da ...

Irgendwann war ich bei der Liste mit den Namen der Opfer angekommen. Sieben unscheinbare Namen, hinter denen sich tragische Schicksale verbargen – begründet durch ein paar Minuten der Angst und des Schreckens, die durch die unheilvolle Begegnung mit dem jungen Türken ausgelöst worden waren. Alle Frauen waren Mitte bis Ende zwanzig.

Als ich den Geburtsnamen eines der Opfer las, stockte mir der Atem. „Die Frau hieß vorher so?" Ich zeigte Dagmar den Eintrag. Sie nickte. „Ja. Bevor sie vor einem Jahr geheiratet hat. Du kannst dir vorstellen, was das für ihre junge Ehe bedeutete. Aber ihr Mann hat sich rührend um sie gekümmert. Sie war das erste Opfer – 13. März an der S-Bahn in Buchforst. Sie hatte ihren Bruder besucht. Tja, und auf dem Heimweg, als sie den Aufgang zur S-Bahn-Haltestelle nehmen wollte, ist's dann passiert."

Jetzt brauchte ich endgültige Gewissheit. „Wohnte ihr Bruder etwa in der Stegerwaldsiedlung?"

„Ja genau! Ich kann mich noch gut an ihn erinnern. Er und seine Schwester haben ein sehr inniges Verhältnis. Der war außer sich vor Wut und hat seine Schwester zu allen Terminen bei uns oder der Staatsanwaltschaft begleitet. Oft hat er gedroht, dass er den Täter umbringen würde, wenn er ihn vor uns fände. Aber wir haben das nicht sonderlich ernst genommen."

„Aber vielleicht hat er seine Drohung ja doch wahr gemacht."

„Jetzt, wo du's sagst – durchaus möglich. Mein Gott!"

Ich machte mir eine Kopie des Akteneintrags und rief meine MK-Kollegen zusammen. Wir beschlossen, dem Bruder des Vergewaltigungsopfers einen Besuch abzustatten. Neben seiner Privatanschrift hatte er bei den Kollegen der „Sitte" auch die Adresse seiner Arbeitsstätte hinterlegt.

Da es fünf nach elf und somit mitten am Tag war, trafen wir ihn zuhause nicht an. Also fuhren Thorsten und ich zu seinem Arbeitsplatz. Wir fragten uns in dem betriebsamen Haus durch und fanden ihn im Lagerraum.

„Guten Tag, die Herren, was machen Sie denn hier?", fragte er und strahlte uns an.

„Wir haben da noch ein paar Fragen an Sie bezüglich des Todes

von Faruk Al-Hafez. Könnten Sie uns bitte aufs Präsidium begleiten?"
„W-w-warum?" Schweißperlen bildeten sich auf seiner Stirn.
„Das würden wir gerne in aller Ruhe mit Ihnen klären."
Der Mann wischte sich mit dem Handrücken den Schweiß ab. Dann schubste er mich plötzlich beiseite und lief, so schnell er konnte, zur Tür hinaus. Thorsten und ich rannten ihm hinterher. Quietschende Reifen und ein lauter Knall stoppten unseren Lauf. Der Mann lag mit zerschmettertem Bein vor dem Kühler eines Autos – mitten auf dem großen Parkplatz. Er wimmerte vor Schmerz. Thorsten musste die geschockte Frau, die den Unfallwagen gelenkt hatte, trösten. Der Mann wurde mit einem Rettungswagen ins Krankenhaus nach Holweide gebracht. Er hatte sich bei seinem Fluchtversuch das Bein und eine Rippe gebrochen.

***

Thorsten und ich machten uns auf den Weg nach Holweide ins städtische Krankenhaus. Mit Schrecken dachte ich an den Sommer des Vorjahres zurück, als ich nach der Befreiung aus den Händen eines Psychopathen hier für mehrere Tage mit Gehirnerschütterung und gebrochener Nase lag. Eine furchtbare Erinnerung, die ich schnellstmöglich wieder vergessen wollte. Jetzt hatte ich mich ohnehin um den aktuellen Fall zu kümmern.

Der Stationsarzt bestätigte uns die Vernehmungsfähigkeit des Unfallopfers. So betraten wir das nach Desinfektionsmittel riechende Zimmer. Unser „Flüchtling" saß im Bett und las den Stadt-Anzeiger. Als wir eintraten, beäugte er uns sehr argwöhnisch.
„Guten Morgen, wie geht's Ihnen?"
„Das geht Sie gar nichts an!"
„Um es kurz zu machen: Wir wissen, was Ihrer Schwester widerfahren ist. Und wir wissen auch, dass der Täter, Erhan Yükselen, dem Toten sehr ähnlich sah."

„Was wollen Sie?"
„Man könnte fast auf die Idee kommen, dass Sie etwas mit dem Tod von Faruk Al-Hafez zu tun haben!"
Die Unterlippe des Mannes zitterte, er drohte jeden Moment in Tränen auszubrechen. „Dieser Idiot! Er sah dem Typen, den meine Schwester beschrieben hatte, doch so ähnlich."
„Wie ist die Sache denn letztendlich an jenem Abend abgelaufen?"
Ich belehrte unser Gegenüber über seine Rechte. Doch der gebrochene Mann winkte ab. „Nein, nicht nötig. Es war das erste Mal seit Monaten, dass sich meine Schwester wieder getraut hat, uns zu besuchen. Es war ein schöner Abend. Aber irgendwann wurde Melanie müde. Sie wollte nach Hause, obwohl ihr Mann gar nicht zuhause war. Seit dem Vorfall ist sie oft durch den Wind und handelt vollkommen unvernünftig und unlogisch. Auch dieses Mal ließ sie sich ihr Vorhaben einfach nicht ausreden. Blöderweise hatten wir alle viel zu viel getrunken. Ich hätte sie nicht mehr fahren können. Und bei uns schlafen wollte sie auch nicht. Die S-Bahn-Station kam für sie auch nicht mehr in Frage. Da wird sie sich ihr Leben lang nicht mehr hintrauen. Also begleitete ich sie zur Straßenbahnhaltestelle direkt bei uns in der Nähe. Als die Bahn weg war, ging ich noch ein paar Schritte, um die frische Luft zu genießen. Da es meine Freundin auf den Tod nicht ausstehen kann, wenn ich in der Wohnung rauche, ging ich das Stück der Wermelskircher Straße hinauf, das direkt an der Gartenanlage liegt. Da sah ich, wie ein Mann dem anderen einen Knüppel mit voller Wucht gegen die Beine schlug. Der Mann schrie auf und fiel hin. Ich hatte Angst und presste mich an eine Hecke, um mich zu verstecken. Der andere Mann, der zugeschlagen hatte, lief dann auch an mir vorbei, ohne mich zu bemerken.
Erst wollte ich dem Mann, der am Boden lag, helfen. Er sah mich an und winselte um Hilfe. Seine Knie waren zertrümmert. Aber als ich mein Feuerzeug angezündet hatte, um besser sehen zu können, traute ich meinen Augen nicht: Der Typ sah genauso

aus, wie meine Schwester ihren Vergewaltiger beschrieben hatte. Mich packte die blanke Wut. Glücklicherweise hatte der andere den Baseballschläger liegen lassen. Ich packte den Stock und zertrümmerte diesem Schwein den Schädel. Immer und immer wieder holte ich aus und schlug zu. Für das, was er meiner Schwester angetan hat, schien mir sein Schicksal verdient."

„Selbstjustiz ist aber keine Lösung! Sie haben genauso zu Unrecht gehandelt wie der Vergewaltiger Ihrer Schwester. Abgesehen davon, dass Sie den Falschen erwischt haben."

Der Mann schüttelte den Kopf. „Sie haben recht. Aber in der Situation konnte ich nicht anders!"

„Was passierte dann?"

„Ich packte die Sporttasche und den Baseballschläger und verschwand. Die Sachen versteckte ich im Auto, bis ich sie Montag auf dem Weg zur Arbeit an einem Sperrmüllhaufen in Buchforst abstellen konnte."

Eine entscheidende Frage musste jedoch noch geklärt werden.

„Und wie kam es dazu, dass ausgerechnet Sie den Leichnam von Al-Hafez gefunden haben, Herr Zielinski?"

Gerrit Zielinski fasste sich ans Bein und verzog vor Schmerzen das Gesicht. Die Spuren des Zusammenpralls mit dem Auto waren in Form eines dicken Gipsverbandes um sein Bein gut sichtbar.

„Ich hab meiner Ina von der Sache erzählt, als ich wieder zuhause war. Sie hatte die zündende Idee. Meine Freundin hatte mal im Fernsehen einen ähnlichen Kriminalfall gesehen. Der Täter hat sich bei der Polizei als Zeuge gemeldet, um erst gar nicht verdächtig zu erscheinen. Wir gingen also umgehend zum Tatort und riefen von dort Ihre Kollegen."

Innerlich musste ich über ihr Verhalten lachen. Schließlich hatten Zielinski und seine Freundin – zumindest aus unserer Sicht – vollkommen unsinnig gehandelt, indem sie sich als vermeintliche Zeugen meldeten.

Im Laufe der Ermittlungen hätte es gar keinen Grund gegeben, ein

scheinbar unbeteiligtes Pärchen zu verdächtigen – wahrscheinlich hätten wir von ihrer Existenz überhaupt nie etwas erfahren. Aber dadurch, dass sie irrtümlich davon ausgegangen waren, Faruk Al-Hafez sei der von Gerrit aus dem Weg geräumte Vergewaltiger gewesen, hatten sie uns letztendlich erst auf ihre Spur gebracht.
Tja – Gott sei Dank sind auch Straftäter nur Menschen, die Fehler machen ... Genauso wie wir Ermittler. Wären wir dem Grundsatz „Der Finder ist immer verdächtig" gefolgt und hätten unseren Zeugen Zielinski mal näher durchleuchtet, hätten wir uns vermutlich viel Arbeit sparen können ...
„Nur noch eine Frage: Haben Sie uns den anonymen Brief geschickt und sich darin selbst der Tat bezichtigt?"
Zielinski nickte. „Ja. Ich hatte in der Zeitung gelesen, dass Sie diesen unglücklichen Jungen unter Tatverdacht festgenommen hatten. Das konnte ich doch nicht auf sich beruhen lassen! Der Mann war ja schließlich nicht der Täter! Ich wollte ihm mit dem Brief nur helfen."

Nun blieb in dieser traurigen Geschichte nur noch eins zu tun: Ich sprach Zielinski die vorläufige Festnahme aus. Wir würden uns mit seiner Lebensgefährtin Ina Sperber wegen der von ihr begangenen Strafvereitelung beschäftigen müssen.
Hätte Melanie Naumann, das Opfer der Vergewaltigung, im Rahmen ihrer Zeugenbefragung auf dem Vordruck der Vernehmungsniederschrift nicht ihren Mädchennamen „Zielinski" angeben müssen, und hätte Dagmar nicht zufällig in meinem Büro vorbeigeschaut, wäre ich wahrscheinlich nie auf ihren Bruder als Täter gestoßen – obwohl sich Zielinski im Vorfeld ja als Zeuge gemeldet hatte.
Sascha Weinert wurde umgehend aus der Haft entlassen. Zwar würde er sich wegen der an Al-Hafez begangenen Körperverletzung verantworten müssen – die Fortdauer der U-Haft rechtfertigte diese Tat jedoch nicht.

Seit diesem Tag verstehen sich „Vater und Sohn" besser. Und seit dieser Zeit ist Markus ein Kumpel, den ich gerne auf ein paar Bier treffe – obwohl er nur dieses Gesöff namens „Pils" mag ...

***

Justizvollzugsobersekretär Mike Spich, dessen überhastete Flucht einem Geständnis glich, wurde erst Ende Oktober in Kroatien aufgespürt. Er räumte ein, in die Drogengeschäfte der Al-Hafez-Brüder eingebunden gewesen zu sein.
Aus Angst, zwischen Azads und Tayfuns Fronten zu geraten – schließlich hatte Al-Hafez ihn beauftragt, bezüglich der Tötung Faruks zu recherchieren und ihm wennmöglich diesen Tayfun auszuliefern, hatte er sich kurzerhand nach Kroatien abgesetzt.

Epilog

Deutzer Brücke, Sonntag, 28. September 2003, 04:15 Uhr

Ich war voll wie eine Haubitze, als ich das *Haxenhaus* am Rheinufer der Altstadt verließ. Mit meinen Freunden Marcel, Diana, Erich, Hartmut, Brigitte, Dario, Beate, Thorsten, Sibylle, Gaetano und Figo hatte ich in der urigen Eventkneipe, die nicht nur bei brauchtumsüchtigen Touris beliebt ist, auf meinen achtunddreißigsten Geburtstag angestoßen. Jetzt waren alle gegangen und hatten mich mit meiner Einsamkeit allein gelassen. Ich fühlte mich mies. Mieser als je zuvor.
Am Vormittag hatte ich endlich den Mut gefasst, Maria anzurufen und sie zum Zeichen der Versöhnung gemeinsam mit ihrem neuen Freund zu meiner kleinen Geburtstagsparty eingeladen.
„Ich will nie wieder etwas von dir hören! Wir sind fertig miteinander!", hatte sie nur gesagt und aufgelegt.
Der Regen durchnässte meine Kleidung, als ich jetzt auf der Deutzer Brücke stand und auf den nachtschwarzen Rhein schaute. Hinter mir sorgten eine Straßenbahn und vorbeirauschende Autos für den typischen Großstadtlärm.
Was hatte ich noch zu verlieren? Während ich die Flasche Kölsch an den Mund setzte, dachte ich über diese Frage nach. Immer wieder vernahm ich eine innere Stimme, die *„Spring endlich!"* rief.
Ja, spring endlich!
Warum eigentlich nicht? Es gab nichts, was mir noch Halt gegeben hätte. Mit achtunddreißig war ich wieder da angekommen, wo ich als lebens- und liebesdurstiger Teenager angefangen hatte. Nein, das hatte alles keinen Sinn. Ich leerte die Flasche in einem Zug und wollte gerade über das Geländer steigen, als ich die Domglocken läuten hörte. Und das mitten in der Nacht! Aber das konnte doch nicht wahr sein! Ich hob den Kopf und betrachtete die schwarze Silhouette des Doms und des Turms von Groß-St. Martin. Mir wurde warm ums Herz.

Auch wenn ich mir das Glockenläuten rückblickend tatsächlich nur eingebildet habe, so half es mir in Verbindung mit dem Anblick meiner geliebten Heimatstadt, nicht in den Tod zu stürzen.
Stattdessen zog ich endlich meinen Ehering aus und schmiss ihn in hohem Bogen über das Geländer in die Fluten des alten Stroms – gefolgt von der leeren Flasche Bier.
Obwohl ich wusste, dass es schwer würde, Maria endgültig zu vergessen, so schwor ich mir, diese Zeit durchzustehen – auch wenn ich mir damit verdammt viel vorgenommen hatte ...

– *ENDE* –

+++ *Peter Merzenich kommt zurück in „Der Glücksbringer von Porz"* +++

Danksagung

Besonderer Dank gilt meiner geliebten Frau Sonja, die mich von jeher nach Kräften unterstützt und mir immer der kritischste aller Lektoren war.

Weiterhin wäre die Buchreihe in dieser Form wohl auch nicht zustande gekommen, wenn mich mein alter Freund Mark Klobukowski nicht tatkräftig mit seinen inhaltlichen Korrekturen „auf den rechten Weg" geführt hätte. Ferner war er es, der die Idee zu diesem Band hatte und seinerzeit die „Ur-Szenen" des Romans als Autor verfasste.

Des Weiteren möchte ich mich recht herzlich bei Kriminalhauptkommissarin Dorothee „Doro" Christmann, Mordkommissionsleiterin beim KK 11 des PP Köln, für ihr fundiertes fachspezifisches Lektorat bedanken.
Doro Christmann hat es sich trotz ihres zeitintensiven Berufs nicht nehmen lassen, dafür zu sorgen, dass die Arbeitsabläufe einer Mordkommission durch mich so realitätsnah wie möglich geschildert werden konnten – und das in allen zwölf Romanen der Peter-Merzenich-Reihe (und trotz gefühlter 1000 nerviger Anrufe mit allerlei Detailfragen, die sie jedoch mit regelrechter Engelsgeduld beantwortet hat). Tausend Dank, Frau Kollegin!

Ferner möchte ich mich bei meiner lieben Mutter, Frau Dagmar Thelen, für ihr Lektorat bedanken, wodurch noch einige Fehler ausgemerzt werden konnten.

Zu guter Letzt sei hier mein lieber Kollege Jan Schulz erwähnt, der die Übersetzung der Berlinerisch-Passagen übernommen hat.

Weitere Krimis in der Edition Lempertz

Puzzlemord in Deutz
Softcover
Format: 125 x 190 mm
ca. 208 Seiten
ISBN: 978-3-945152-57-7
9,99 €

Klassenmord
Softcover
Format 125 x 190 mm
256 Seiten
ISBN: 978-3-945152-58-4
9,99 €

Error in Persona
Softcover
Format 125 x 190 mm
208 Seiten
ISBN: 978-3-945152-89-8
9,99 €

Alle Krimis auch als E-Books!

Weitere Krimis in der Edition Lempertz

Vingstblüten im Herbst
224 Seiten
12,5 x 19 cm,
Softcover,
ISBN 978-3-943883-17-6,
9,99 €

Nachts in Kalk
224 Seiten,
125 x 190 mm,
Softcover,
ISBN 978-3-939284-57-4,
9,99 €

Alaaf für eine Leiche
200 Seiten,
12,5 x 19 cm,
Softcover,
ISBN 978-3-943883-70-1,
9,99 €

Weitere Krimis in der Edition Lempertz

Schleusermord
248 Seiten,
125 x 190 mm,
Softcover,
ISBN 978-3-939284-88-8,
9,99 €

Schachtleichen
216 Seiten,
125 x 190 mm,
Softcover,
ISBN 978-3-943883-20-6,
9,99 €

Mord in der Nordkurve
216 Seiten,
125 x 190 mm
Softcover,
ISBN 978-3-943883-69-5,
9,99 €

 www.facebook.com/AndreasSchnurbuschKriminalromane

Blaues Blut im Karneval
Judith Cremer / Rainer Moll

192 Seiten
125 x 190 mm
Softcover,
ISBN 978-3-945152-90-4,
9,99 €

Alle Krimis auch als E-Books!

Bestellen Sie hier:

Edition Lempertz
Hauptstraße 354, 53639 Königswinter,
Tel.: 0 22 23 / 90 00 36, Fax 0 22 23 / 90 00 38,
E-Mail: info@edition-lempertz.de
www.edition-lempertz.de